ねっとりとした視線のせいで、煽られていた体がさらに熱くなる。
「いい格好だな」

illustration by CHIHARU NARA

獅子《しし》の契《ちぎ》り

ふゆの仁子
JINKO FUYUNO

イラスト
奈良千春
CHIHARU NARA

Lovers Label

CONTENTS

獅子の契り ―― 3
あとがき …… 190

プロローグ

どこまでも、青い空と青い海の境界線《きょうかいせん》が曖昧《あいまい》だった。

悠々《ゆうゆう》と浮かぶ白い雲。肌に纏《まと》わりつく湿気《しっけ》の高さと、ジッとしていても汗《あせ》が伝ってくる暑さには閉口するものの、吹き渡る風の爽快感《そうかいかん》や開放感がなんとも心地《ここち》よい。

梶谷英令《かじやひではる》は眼鏡《めがね》のブリッジを押し上げながらゆっくりと息を吸《す》う。こんな風に深呼吸《しんこきゅう》をするのはいつぶりだろう。

強い日差しを浴び、キラキラと輝く水面《みなも》。その輝きに負けない幸福の笑顔を振りまいているのは、本日の主役である男たちだった。

白の燕尾服《えんびふく》に身を包み、周囲からの祝福《しゅくふく》に応《こた》えているのは、高柳智明《たかやなぎともあき》。

今はニューヨークで法律事務所を開設している弁護士《べんごし》の梶谷は、かつてはアメリカ最大の流通チェーン、ウェルネスマート法務部に所属《しょぞく》していた。そのウェルネス在職時代の同僚《どうりょう》である高柳は、喜怒哀楽《きどあいらく》を素直に顔に出し、周囲の者たちを自分の仲間に引き入れてしまう、ある種、才能ともいえる性格の持ち主だ。他人とのコミュニケーション能力にかなり問題がある梶谷にとって、数少ない友人である。

そして彼の隣《となり》に立つ、眼鏡をかけ、眉間《みけん》に皺《しわ》を寄せつつも口角を微《かす》かに緩《ゆる》ませているのは、やはりかつての同僚であるティエン・ライだ。周囲の祝福ゆえの揶揄《やゆ》に明らかに不機嫌《ふきげん》な表情を見せつつも、彼の左腕は、高柳が己《おのれ》から離れないようにするかの如《ごと》く、腰にしっかり回されていた。

二人の左手の薬指には、誓《ちか》いの言葉とともに交換し合ったマリッジリングが嵌《は》められている。首にも、マリッジリングが掛けられているという。

愛し合う者同士が、同時に同じことを思って同じ物を購入する。生まれた環境《かんきょう》も国も違いながら、二人が同じ大学で出会ったのは、きっと必然だったに違いない。そんな二人と、同僚として出会えたことは、梶谷にとっても必然だったのだろう。

「健《すこ》やかなるときも、病《や》めるときも、喜びのときも、悲しみのときも、富《と》めるときも、貧《まず》しいときも、妻《つま》を愛し、敬《うやま》い、慰《なぐさ》め合い、共に助け合い、その命ある限り真心を尽《つ》くすことを誓いますか？」

「はい！」

聞き慣れた誓いの言葉に力いっぱい応じた高柳の隣で、ティエンが苦笑する。彼らの周囲では当たり前となった光景だ。

「たかやなぎ！」

ティエンの甥《おい》であるフェイロン・ライが高柳の足元に纏わりつくのもまた、日常の光景で梶谷の頬《ほお》も自然と緩んでくる。

「フェイロンも誓ってくれるの？」

「はい！」

ティエンと高柳の間に割り入って、フェイロンが力いっぱい応じる。ティエンの弟である、ゲイリー・ライの息子であるフェイロンは、父親よりも伯父《おじ》に似ているように感じられる。さらに、ふとした瞬間に見せる表情が、なぜか高柳に似ているように思えてしまう。一緒に過ごす時間が長くなると、赤の他人でも似てくるというが、それなのだろうか。

「それでは、皆様、幸せいっぱいのお二人をたくさんの花びらで祝《いわ》ってあげてください」

二人に向けられる笑顔。拍手《はくしゅ》。フラワーシャワー。

「はしゃいでるな」

梶谷と同じく、幸福の輪から一歩離れた場所で、彼らを見つめていたレオン・リーは、喉《のど》の奥で笑っている。トレードマークの無精髭《ぶしょうひげ》は綺麗《きれい》に剃《そ》られ、肩まで伸ばされた髪も、きっちり頭の後ろで結ばれている。

「……なんだ？」

自分への視線に気づいたレオンは、梶谷に顔を向けてきた。

「馬子《まご》にも衣裳《いしょう》だな」

レオンは当初、普段の服装でこの場に参加するつもりでいた。ウエディングパーティーだが、ここはベトナムのリゾート地、ダナンだ。参加者はよく見知った面子《めんつ》ばかりの小規模なものだから、ラフな格好でも許されるだろう。これがレオンの持論《じろん》だった。

実際、招待状《しょうたいじょう》のドレスコードに「気楽な格好で」と記されていたが、さすがに「気楽さ」にも限度がある。少なくとも他の参加者は、ドレスコードとは関係なく正装で参加するだろう。だから梶谷は急遽《きゅうきょ》スーツをレンタルし、面倒臭《めんどうくさ》いと言うレオンをなんとか説《と》き伏《ふ》せて着替えさせたのだ。

普段のラフな格好も、レオンにはよく似合っていると思う。だが完璧な体軀《たいく》は、スーツも完璧に着こなし得る。粗野《そや》な印象が消え、品の良さすら感じられる。

表向き、ニューヨークを拠点《きょてん》にタトゥーアーティストとして名を馳《は》せているものの、彼の根っこは上海《シャンハイ》にある。中華圏《ちゅうかけん》において金融業界を統《す》べる上海証券《シャンハイしょうけん》という企業のトップが、裏の、というよりは本当の顔だ。

「惚《ほ》れ直したか？」

梶谷の言葉に、謙遜《けんそん》することなく返してくるのもレオンならではだ。

「ああ」

　いつもなら梶谷も、照れ臭さから自惚《うぬぼ》れるなと応じるところだ。だが、今日は自分でも不思議《ふし》議《ぎ》なほど素直な言葉が零《こぼ》れ出てきた。おそらくレオンも、梶谷が肯定《こうてい》するとは思わなかったのだろう。一瞬《いっしゅん》目を瞠《みは》ったあと、胸の前で腕組みをしたのちに肩を揺らして笑い始めた。

「自分で言って照れるな」

「悪い。照れてるわけじゃないんだが……」

　レオンは大きな手で、緩まる己の口元を隠《かく》す。

　二人の間を柔《やわ》らかい海風が吹き抜けていく。高柳とティエンに向けられたフラワーシャワーのお裾分《すそわ》けが、風に乗って梶谷の髪にくっついた。

　視界の隅《すみ》に見えるそれを取ろうと、梶谷が手を伸ばす前に、レオンがそれを摘《つま》む。

「ありが……」

　そして花弁《かべん》に口づける様子に、梶谷は最後まで言葉を紡げなかった。粗野な男の見せる気障《きざ》な仕草《しぐさ》に、どう反応したらいいかわからない。似合っているともいえるし、似合わないとも思える。

「なあ、英令」

　急激に艶《つや》を孕《はら》む視線が、梶谷の肌に纏わりついていく。身に着けた服のすべてを剝《は》がれ、裸《はだか》にさせられていくような気分を味わう。それも一枚ずつ脱がされていくのではない。一気にすべて、腹の奥まで探られてしまう。

「……なんだ」

口の中が渇《かわ》いてくる。無意味だとわかっていても、鼓動《こどう》が強くなっていることを悟《さと》られないようにするので必死だ。

「結婚《けっこん》しないか」

だが不意に口にされるレオンの言葉で、表情が作れなくなった。

強い日差しのせいではなく、梶谷は掌《てのひら》に汗がじんわりと滲《にじ》み、背中にびっしょり汗をかく。

「何、を、突然に」

「突然じゃねえ。前から考えてはいた。ただ、結婚なんて形に囚《とら》われずとも、俺たちの関係は変わらねえと思っていた」

「それは私も同じだ」

レオンに出会ってからの日々は、それまでに過ごした年月よりも数倍、いや数十倍も濃密《のうみつ》だった。

何度となく命の危機を覚え、そのたびに死を覚悟しながらも己を奮《ふる》い立たせ、顔を上げ、しっかり大地を踏みしめてきた。

最後には、絶対レオンが助けてくれるという信頼感《しんらいかん》もあった。助けてくれるというよりも、レオンがみすみす自分を死なせるわけがないと自負している。

それは梶谷も同じだからだ。レオンの方法とは異なるものの、梶谷なりの方法で、何があろうとレオンを護《まも》る。今や梶谷にとってレオンは己の半身、自分の一部だと言える存在だ。

だから結婚など今更《いまさら》というか、今回、高柳のことがあるまで考えなかった。高柳たちを否定《ひてい》するわけではない。ただ、彼らは彼ら。自分とレオンとは異なる関係があってしかるべきと考えていた。独《ひと》りよがりな思いではなく、レオンも同じだと思っていた。むしろレオンのほうが、縛《しば》られることを望まないだろうと思いこんでいた。

「それなら……」

「だが、万《まん》が一《いち》の可能性を潰《つぶ》すために、七面倒《しちめんどう》くさい形式ってものが、必要かもしれないと思えてきた」

「万が一？」

一体、どんな可能性を考えているというのか。

とりあえず最初に浮かんだ言葉を口にする。

「私が心変わりをするとでも……」

「それも含《ふく》め、ありとあらゆる可能性を、だ」

レオンは曖昧にごまかしながら、完全には否定しない。それが妙《みょう》に梶谷の癇《かん》に障《さわ》る。これまでの日々を考えれば、梶谷がレオン以外の誰かを愛することなど、あり得るわけがない。

「何を考えているのか、私にはよくわからない」

「だから……」

「ストップ」

梶谷はレオンの口を手で塞《ふさ》ぐ。

「今は高柳とティエンの結婚式の最中だ。その話はあとにしないか」

感情を押さえ淡々《たんたん》とした口調で言い放つと、レオンは上がっていた眉尻《まゆじり》を下げ、梶谷の手から逃《のが》れるべく一歩下がった。

「梶谷さん！」

そのタイミングで名前を呼ばれる。何かと思って声のしたほうに顔を向けた瞬間、空の高い位置から梶谷の胸めがけてブーケが落ちてきた。

「次は梶谷さんだよ！」

頭の上で大きく手を左右に振りながら、高柳は溢《あふ》れんばかりの笑顔を向けてきた。二人のそばには、ティエンの甥であるフェイロンが、家族然として寄り添っている。

高柳の笑顔につられるように、参列者の温かい拍手《はくしゅ》が自分に向けられる。そんな優しさが、今の梶谷にはいたたまれなかった。

1

「宴《えん》もたけなわとなってきました。この続きは二次会で」

高らかに告げるのは、ベトナム在住のウエディングコーディネーターの女性だ。

ホテル内の海辺にある教会での挙式《きょしき》に、ホテルでの披露宴《ひろうえん》に二次会。かつて日本でよくあった典型的な「結婚式」を企画したのは、司会の彼女だ。高柳とティエンの姿にイマジネーションが刺激《しげき》されたと言い、当初の予定以上にオプションを追加してくれたという。

そのため、二十人に満たない程度の参加者の披露宴では、ウエディングドレス姿の高柳がスライドで流された。大喜びしたのはフェイロンぐらいで、他の参加者にとっては目新しい姿でもなかった。

当事者が楽しいならそれでいい——結婚するという話を聞いたときも、正直、今更感は拭《ぬぐ》えなかった。招待客の誰もが、既《すで》にパートナーと認めている。

それでも、改めて何があろうと離れないと、二人の絆《きずな》を宣言《せんげん》することには、当事者なりの気持ちがあり、決意があるのだろう。

特にウェルネスマートという巨大企業を退職する高柳にとって、香港《ホンコン》の裏社会を牛耳《ぎゅうじ》る黎《ライ》家の真の当主たる、ティエン・ライこと黎天龍《ライティエンロン》がそばにいる。この事実は、高柳に裏から手を回そうとする輩《やから》に対しては、良い意味でも悪い意味でも、これ以上ないほどの牽制《けんせい》となる。

もちろん、高柳自身、どこまで考えているかはわからないものの、梶谷の隣で今、複雑な表情を浮かべているウェルネスマートのCEO・ヨシュアこと黒住修介《くろずみしゅうすけ》は、その事実を痛感しているだろう。

米国で暮らす日本人の両親から生まれ、日本には仕事以外で足を踏み入れたことのない男は、外見も中身も典型的米国人だ。彫《ほ》りの深い顔立ちに明るい髪色。一度、己の懐《ふところ》に入れた者には家族以上の愛情を注《そそ》ぐものの、その愛情の注ぎ方が『間違っている』。

世の中を斜《なな》めにしか見られない梶谷からすれば、ヨシュアという人間はある意味、非常にわかりやすい男だ。

しかしヨシュアと同じ大学で過ごし、その偏愛を受け取り続けた高柳には、ヨシュアは理解しがたい人間だったらしい。仕事上は敬意を払いつつも、そのやり方に少しずつ募《つの》っていた怒《いか》りが、ついに爆発《ばくはつ》してしまった。高柳自身に対する不義理《ふぎり》ならともかく、最愛のティエンに対するヨシュアの言動に、高柳の我慢《がまん》の限界が訪《おとず》れてしまった。

ウェルネスを辞《や》めたい高柳と、何がなんでも引き留めたいヨシュアとの間で話は拗《こじ》れに拗《こじ》れた。その後なんだかんだありつつ、最終的には形式は変わりつつも実質的な中身は同じ形になった。

「やはり、高柳をうちに戻す術《すべ》はないか……」

散々《さんざん》、高柳の退職を拒《こば》み、手を変え品を変え、己の会社に引き留めようとしていた。しかしながら、最終的には決意を翻《ひるがえ》すことは叶《かな》わなかった。梶谷との間で練《ね》った業務委託《ぎょうむいたく》に関する契約書《けいやくしょ》にサインするときの、ヨシュアの苦虫《にがむし》を嚙《か》み潰《つぶ》したような表情は忘れられない。

『全部、梶谷さんのおかげ』

対照的にここ数か月の懸案《けんあん》事項が解決された高柳は、実に晴れ晴れとした表情を見せていた。

まじないのように同じ言葉を繰り返すヨシュアの肩を、秘書《ひしょ》であり、恋人でもある遊佐奈央《ゆさなお》が優しく撫《な》でる。

「贅沢《ぜいたく》を言ったら駄目《だめ》だよ。立場は違っても、これまでと同じでウェルネスの仕事を続けてくれるんだ。今はそれで良しとしよう」

(今は、ね……)

優しい口調で恋人を宥《なだ》める一方で、遊佐には遊佐なりの考えがあるらしい。

秘書となる前は、ウェルネスとの提携《ていけい》を希望している日本の会社に勤めていたやり手だ。同じ日本人である高柳の思考は、ある程度理解できるのだろう。

「梶谷さんも二次会行かれますよね」

ヨシュアを宥めすかした遊佐の誘いに、梶谷は肩を竦《すく》ませる。

「いいえ。今日はこれで」

「え……」

驚きに声を上げる遊佐に向かって、静かにするよう梶谷は口の前で人差し指を立てる。ここで一人先に辞去《じきょ》すると言ったら、周りが気を遣うに決まっている。だからここは誰にも言わず、そっと抜け出したかった。

「アメリカでまた会おう」

押さえた声で告げた梶谷の言葉に、遊佐は躊躇《ためら》いつつも小さく会釈《えしゃく》で応じた。


その後、梶谷はヨシュアの誘《さそ》いを断って、二次会の会場とは反対側へ向かった。

上手《うま》く一人で抜け出したつもりでいたのだが、気づけばエレベーターには当たり前のようにレオン・リーこと李徳華《リードーホア》が乗り合わせていた。

披露宴会場で、当初レオンは隣に座っていたが劉光良《リュウグォンリョン》に連れられ席を外《はず》した。一応、会場を抜け出す際《さい》、一言言っておくつもりでいたのだが、話し込んでいる姿を目にしたので遠慮したのだが。

「どうして君まで……まだ飲めるだろう。私のことは気にせず二次会に出てくれれば……」

「その状態で、ひとりで帰れるのか？」

「当たり前だ。部屋に戻るぐらい……」

強気に言い放とうとした刹那《せつな》、足元が大きく揺《ゆ》らぎ頭の中が回転した。あっと思う間もなく倒れそうになる梶谷の腕を、乱暴《らんぼう》にレオンがぐっと摑《つか》んできた。

梶谷自身、酔《よ》っているつもりはなかった。

元々、酒には強いほうだ。

祝《いわ》いの場で、いつもより若干、酒のペースが早い自覚はあったものの、それでも「酔っている」とは思っていなかった。

だが――レオンに摑まれた腕を払おうとして初めて、体に力が入らないことに気づかされる。

「なんで……」

「ろくに食わずにあれだけ、がばがば酒飲んでりゃ、それや酔いも回る」

呆《あき》れたようなレオンの指摘《してき》に梶谷は目を丸くする。梶谷自身、自覚がなかった。そのぐらい、レオンは梶谷の様子を見ていたということか。

「そりゃ、隣にいれば、嫌でも目に入る。まあ、あんな場にいれば、飲みすぎちまうのもわからないではない。とりあえず、俺の前で無理をするな」

レオンは摑んだ腕をそのまま己の肩へ移動させ、空《あ》いた手で梶谷の腰を引き寄せる。

「…………っ」

触れ合う体から伝わるレオンの体温に、梶谷はぐっと言葉を呑《の》み込んでしまう。

ここで素直にありがとうと言えないのがなんとも情けない。なけなしのプライドが邪魔《じゃま》をして、高柳のように梶谷は自分の気持ちを素直に態度に出せない。

それも個性と思っているが、弱っているときは自己嫌悪《じこけんお》となってしまう。

屈託《くったく》のない笑顔。他人の目を気にすることなく、ティエンに甘える高柳の姿は、見ている人間まで幸せにしてくれる。

だからつい、飲みすぎた。

決して自分と梶谷を比べたわけではない。本当に微笑《ほほえ》ましい姿に、酒を飲むピッチが上がった。胸がいっぱいで、料理を食べるのを忘れていた。

眩《まぶ》しい二人の姿に、不意に自分とレオンが重なったが、すぐに霧散《むさん》した。彼らのように誰もに祝福される姿がまったく想像できない。

羨《うらや》ましいわけではない。

それなのに。

「さっき言ったこと、本気なのか」

「さっき?」

「……結婚の、話だ」

酔いに乗じて自己嫌悪から零れ落ちた言葉に、梶谷自身が驚かされる。普段の梶谷なら絶対に口にしない。レオンに告げられた言葉を必死に絞《しぼ》り出す。だがそんな梶谷に対し、レオンはあっさり「ああ」と返してくる。

なんの躊躇《ちゅうちょ》もない。

「……私と結婚しても、ろくなことにはならない」

「何を言い出すかと思ったら」

レオンは苦笑を漏《も》らす。

「ここ数年、一緒に暮らしてわかっているだろうが、高柳みたいに可愛く甘えられない」

「高柳みたいに甘えられたら怖いな」

梶谷は真剣《しんけん》に言っているつもりだが、レオンはそう思っていない。だがさらに続ける。

「家事も知っての通りだ。生きていくために必要最低限はできてもそれだけだ。料理は君のほうがよっぽど上手い。私は君との時間より仕事を優先するし……本音《ほんね》を言えば、君の仕事を心から応援《おうえん》しているわけでもない」

「唐突な上に、随分《ずいぶん》、饒舌《じょうぜつ》だな」

レオンは含み笑いで答える。

「怒らないのか」

「別に。それよりも、まだ言いたいことがあるなら、全部吐《は》き出しちまえ」

「……君のそういうところがむかつく」

懐の大きさを披露するかのような発言に、梶谷はプライドを刺激されてしまう。

「私は……大切な話をしなければならないとわかっていて、現状から逃げて酒に溺《おぼ》れるような情けない人間だ」

「自分のこと、よくわかってんじゃねえか」

当然のようにレオンは返す。

「そうだ。私は情けない人間だ」

それを言葉にしたのは、ほかならぬ自分だ。にもかかわらず、レオンに肯定されたことがものすごく辛《つら》い。

レオンからすれば、深い意味もなく酔っ払いをあしらって流しただけかもしれない。

でもレオンには否定してほしかった。矛盾《むじゅん》している上に甘えている。

（私は一体何を……）

情けなさと恥ずかしさからか、エレベーターが目的の階に辿《たど》り着いたにもかかわらず、酔いが深まってきて足に力が入らず、真っ直ぐ前に進めないどころか千鳥足《ちどりあし》になる。

「たく、しょうがねえな」

それでもレオンは変わらない。

決して小さくもない、一般男性としても体の大きな梶谷を易々《やすやす》と抱え、ホテルの部屋まで辿り着く。

「ほら、部屋に着いたぞ」

その言葉を合図に、梶谷はレオンの手を払い、ベッドに俯《うつぶ》せで倒れ込んだ。洗いざらしのシーツの感触がなんとも心地良い。

「そのままだとスーツが皺《しわ》になる」

面倒見のいいレオンは、梶谷の肩を摑んできた。布越しにもわかる指の強さに、腰がどくんと疼《うず》いてしまう。

（くそ……っ）

なけなしの理性で腹の奥に力を込め、必死にレオンの腕から逃れる。

「自分で、できる」

「無理すんな。そんだけ酔ってたら、頭ん中、グルグル回ってんだろ？　寝るならその窮屈《きゅうくつ》なモン脱《ぬ》いで、頭冷《さ》ましてからがいい。明日、辛いのはお前だぞ」

だだをこねる子どもをあやすかのような口調で、レオンは梶谷の頬を撫《な》でる。

優しくされればされるほど、自己嫌悪が強くなる。

「……甘やかさないでくれ」

「いいや、甘やかす」

レオンは己の顔を押し返そうとする梶谷の腕を摑み、指先をぺろりと嘗《な》めてくる。ざらついた舌の突起《とっき》が皮膚《ひふ》をちくりと刺激する。細胞《さいぼう》から追い立ててくるような感覚に、全身に電流のようなものが走り抜けていく。

「……っ」

「お前もわかってるだろうが、俺はお前のことが可愛くてしょうがない」

逃れようとする梶谷の腕を、さらに強く摑んでくる。ベッドに乗り上がり、横たわる梶谷の上にゆっくりと跨《また》ってきた。

腰を両方の腿《もも》で挟《はさ》み込み、空いているほうの手をネクタイの結び目にかけてくる。慣れた手つきで左右にそこを揺らし、緩んだ間からシャツのボタンを外《はず》す。

レオンの無骨《ぶこつ》に思える指は、細い針《はり》でもって人間の肌に、常人には思いもつかない繊細《せんさい》かつ豪奢《ごうしゃ》な絵を描《えが》き出す。その指を巧《たく》みに使い、あっという間に梶谷の上半身をはだけさせた。その間も指への愛撫《あいぶ》も忘れない。

「いい年をした男相手に可愛いなんて言うな……」

「しょうがねえだろう。可愛いものは可愛いんだからさ」

ボタンを一つずつ丁寧《ていねい》に外していたにもかかわらず、最後のボタンを残した状態で、シャツの前を勢いよく左右に開く。裾《すそ》をパンツから引きずり出し、呼吸で上下する腹にねっとりと舌を押しつけてきた。

「あ……」

「普段は生真面目《きまじめ》で几帳面《きちょうめん》なお前の体には、俺の描いたタトゥーが入ってる」

レオンの指が、ウエストから腰に伸び、スラックスと下着を下ろすと、己の描いた刺青《いれずみ》へと伸びていく。

右側の尻の上と左の胸には、蝶《ちょう》が舞《ま》っている。レオンが彫《ほ》り上げた芸術のように美しい作品だ。

輪郭《りんかく》を黒で、地に海老茶《えびちゃ》を使い、青と緑で文様《もんよう》を描いた艶《あで》やかな蝶は、梶谷の本性であり、素《す》の姿だとレオンは言った。

雄々しい獅子《しし》は、花の王様と称される牡丹《ぼたん》の下で佇《たたず》む。

『獅子身中《しししんちゅう》の虫《むし》』ということわざがある。

恩《おん》を仇《あだ》で返すことや、組織内に潜《ひそ》む裏切者のことをいうが、元々は中国の伝説の霊獣《れいじゅう》である獅子の体内に潜み、やがて死に至らしめる虫のことを指したという。その虫から獅子を守るのが、牡丹の花に溜まる朝露《あさつゆ》だという。そこから、牡丹は獅子にとって安住の地と言われたそうだ。

その牡丹の匂《にお》いに誘われて舞う蝶が、獅子と戯《たわむ》れる。歌舞伎《かぶき》や踊《おど》りの演目にもなっている『春興鏡獅子《しゅんきょうかがみじし》』でも、獅子と蝶が舞い踊る姿が、今、レオンと梶谷の間で再現される。

レオンはその名前の通り、体に二頭の獅子を飼っている。彼の刺青の師匠が彫った、雄々しく美しい獅子は、これ以上ないほどにレオンに似合っている。

梶谷はレオンの愛撫に身を任せ、己の手を男の体に伸ばす。ネクタイの結び目に指を差し入れ、ゆっくり左右に揺らす。それが少し緩まったところを見計らって、シャツを引っ張ってスラックスから引きずり出す。

「ちょっと待て」

レオンは梶谷の手から逃れると、顔に手を伸ばしてきた。そこから梶谷の掛けていた眼鏡を外し、己の羽織《はお》っていた上着を脱ぎ、手近にあった椅子の背に掛ける。ベルトを外しながら、中途半端《ちゅうとはんぱ》に衣服を乱された梶谷の姿を見下ろす。肌に突き刺《さ》さりそうなほど鋭《するど》く、同時にねっとりとした視線のせいで、既に煽《あお》られていた体がさらに熱くなる。

「いい格好だな」

レオンはぺろりと己の唇を嘗める。眼鏡がなくなってぼやける視界の中でも、不思議《ふしぎ》なほどレオンの姿ははっきり判別できる。

「白いシーツがキャンバスみたいになって、いい効果を生んでる」

「……そそるか」

「ああ。めちゃくちゃそそる」

レオンは胸の前で腕組みをして喉《のど》の奥で笑う。

「ここに針《はり》がありゃ、すぐにでもお前の背中に思うままに描いてやるところだ」

レオンの頭の中には、具体的に梶谷の背に描きたい「何か」が決まっているのだろう。見えない筆《ふで》と針で、梶谷の肌に何かを描く様を眺《なが》めているだけで、背筋《せすじ》がゾクゾクしてくる。

もし新たに描かれるのであればと、梶谷は夢想《むそう》したことがある。そのときには、牡丹を描いてほしい。レオンが安心して眠れる場所となりたいと、柄《がら》にもない夢を描いてみた。

レオンの持つ針が肌を突き刺すたび、痛みと同時に快感《かいかん》が生まれる。癖《くせ》になるような淫靡《いんび》さを伴う感覚のせいで、無意識に腰が揺れてしまう。

レオンは梶谷を抱くたび、何度も何度も同じ欲望を口にする。

梶谷の肌のすべてに、己を刻《きざ》み込みたい、と。梶谷の肌に触れるたび、彼のイマジネーションが刺激されるらしい。手触り、温度、肌理《きめ》の細かさ……梶谷の肌のすべてが、レオンの求める最高のキャンバスなのだという。

レオンにそこまで求められるのであれば、甘受するつもりでいる。特に「いつか」レオン自身、つまり獅子を肌に描いてほしいと伝えてある。

その機会は何度もあった。梶谷は、いつレオンが実際に求めて来てもいいつもりでいる。だがレオンは、「彫りたい」「描きたい」と言いながら、己の欲望を梶谷の体に深くまで埋《う》め込むだけで、針を突き刺してはこなかった。

今日もそうだ。

旅先だから当然だが、もしここに針があったとしても、レオンは梶谷の肌に墨《すみ》を刺してはこないだろう。

「……レオン」

「物欲しそうな顔してんじゃねえよ」

レオンはファスナーを下ろし、前を左右に開き、猛《たけ》った己自身を導き出す。前後に激しく扱《しご》きながら、起き上がった梶谷の腕を無造作《むぞうさ》に引っ張った。

「あ」

梶谷の鼻先にあるレオン自身が大きく脈動《みゃくどう》する。

「欲しいんだろう、これが」

梶谷の後頭部に置いた手に、レオンはぐっと力を込めた。

「すぐにでもここに突っ込まれたいんだろう?」

レオンは空いているほうの手を、梶谷の腰まで伸ばす。臀部《でんぶ》のラインを辿り、双丘の間の窄《すぼ》まりの周辺を指で撫でてきた。

「……っ」

声は出さないものの、激しく腰を後ろに突き上げ、背を弓《ゆみ》なりに反《そ》らす。

「いいな、ここのライン」

レオンは孔を弄《いじ》っていた指を移動させ、腰の骨をひとつひとつ撫でる。レオンに触れることで、自分の体がどんな形をしているのかを思い知らされる。

「レオン……っ」

「焦《あせ》るなって。お前が嫌だって言っても存分に挿《い》れてやる。だから、まずはこっちをその気にさせてくれ」

「んん……ん、ぐぅ…」

半開きの口の中に、レオン自身を押し入れられる。身構えていなかったせいで、一気に喉元まで入ってきて、思わずえずきそうになる。

「こっち弄ってやるから、歯を立てずに舌を使ってしっかり嘗めろよ」

咄嗟《とっさ》に歯を立てた梶谷を戒《いまし》めるように、レオンは腰を使って梶谷の口の中を抉《えぐ》ってくる。

「ん、ん……」

レオンに言われるまでもなく、梶谷は梶谷なりに必死だった。だが後ろを弄られているせいで、舌技に集中できない。

レオンの指は巧みだ。

梶谷の体を梶谷以上に知り尽《つ》くし、的確に刺激してくるのだ。細胞のひとつひとつ、神経の一本まで、細かく愛撫されているような気持ちになる。

「あ……ん、ん……、ひゃっ」

零れ落ちる嬌声《きょうせい》の甘さに、梶谷自身が恥ずかしさを覚える。

「おいおい。ろくに触ってねえのに、こっちが硬くなってきてるぞ」

腰を滑《すべ》り、前に回った手で、梶谷自身の先端《せんたん》を握《にぎ》られる。

「……っ」

大きく身動《みじろ》ぎした瞬間、後ろにあった指が抜け、口の中にあったレオン自身が滑り落ちる。

「あ」

「ったく、しょうがねえな」

慌《あわ》てて追いかけようとする梶谷の体を、レオンはあっさり仰向《あおむ》けにベッドに押し倒す。腰が浮いたタイミングで、するりと下着を足から引き抜かれ、両の足首を摑まれてしまう。

「待……っ」

「待たねえよ」

レオンは梶谷の太腿《ふともも》に顔を押しつけ、浮き上がった血管に歯を立てる。大きく左右に開かれた足の間で、ろくに愛撫されていないにもかかわらず、勃起《ぼっき》した梶谷自身が小刻みに震えている。

レオンは足の間に身を入れて、摑んでいた足首を解放し、自由になった手でゆっくり梶谷を愛撫《あいぶ》していく。

露《あら》わになる、己の描いた蝶を撫でながら、小刻みに収縮を繰り返す小さな場所へ己の昂《たかぶ》りを押し当てる。

梶谷の口淫で濡れ、硬度を増したそれは、これ以上ないほどに昂っている。軽く頭を浮かして、自分の目で確認した梶谷の腹の底が、これから受ける愛撫を想像するだけで疼いてしまう。

「挿れるぞ」

レオンはわざと言葉にしながら、己自身の先をぐっと押し入れる。小さな皺のひとつひとつを押し開きながら、狭《せま》い場所へ突き進む。梶谷に何をしているかわからせるように、レオンはじっくり時間をかける。

「あ、あ、あ……」

体内のレオンの存在が少しずつ大きくなる。じわりじわり、侵食《しんしょく》されていく。二つに分かれていた体が本来あるべき形に戻るかのようにひとつになる。

欲していたものが与えられる悦《よろこ》びに、全身が疼き蠢《うごめ》く。

「レオン……レオン、レオンっ」

繋《つな》がった場所から全身に広がっていく快楽《かいらく》に、梶谷の体が震《ふる》え出す。内腿が引き攣《つ》れ痙攣《けいれん》する様に、自分でも訳がわからなくなる。

「変だ……なんか」

「何が変なんだ？」

体を押し進めながらレオンが吐息で聞いてくる。

「わからない……わからないけど、変だ」

梶谷は目元を覆《おお》い、いやいやするように首を左右に振る。いまだ突き進むレオンが熱く、溶けそうになっている。レオンを銜《くわ》え込んだ場所がどろどろに溶《と》けて、異物であるレオン自身に纏《まと》わりついていく。

「あ、あ……あああ…っ」

少しでもレオンの角度が変わると、その瞬間に強烈《きょうれつ》な刺激が脳髄《のうずい》まで響《ひび》く。背筋《せすじ》が震え、全身の皮膚が粟立《あわだ》つ。二人の腹の間で擦《こす》られた梶谷自身は、完全に勃起《ぼっき》しているわけではないにもかかわらず、どろどろの蜜《みつ》を絶《た》え間なく溢れさせている。

「レオン……嫌だ、あ、あ、あっ」

「嫌だって言っても、お前の中は俺のことを締めつけてきてる……たまには素直になれよ」

「喋《しゃべ》る、な……触るな」

レオンは梶谷の先端を撫で、擦ってくる。どろどろになったそこを刺激されると、さらに頭の中がぐちゃぐちゃになってしまう。

「触るなって言っても、腰を押しつけてきてるのは、お前のほうだ」

「……っ」

改めて言われずとも、自分の反応は梶谷がよくわかっていた。

何をされても、どこを触られても気持ちがいい。

「レオン……」

名前を呼べば、求めるものを理解して口づけをくれる。激しく深く重ね、舌を絡《から》め、強く吸われる。溢れる唾液《だえき》を啜《すす》られ、角度を変えて今度は舌を噛《か》まれる。

「ん、ん……っ」

ピリッとした痛みですら今の梶谷には愛撫となってしまう。ビクビク体を震わせ、ひっきり

なしに細かな射精を繰り返してしまう。

「英令」

甘い声で名前を呼びながら、頬や目尻、瞼《まぶた》に口づけられる。

「お前は俺のものだ。俺もお前のものだ。それはもうわかってる。だから……今さら結婚と言われてお前が戸惑うのもわかる。だが……改めて言う」

レオンは一番奥まで梶谷の中に入ったところで、耳朶《じだ》を嚙みながら甘く囁《ささや》く。

「結婚しよう」

耳殻《じかく》を嘗め、そこでクチュリと音を立てる。

「指先から体の中まで。それこそ髪の毛一本まで、全部、俺のモノになれ」

「私、は……」

とうにレオンのものだ。

これ以上、何を欲するというのか。

結婚という言葉に、どんな意味があるのか。レオンは何をしたいのか。

改めて問わねばならないほど、自分はレオンを不安にさせているのか。何をすればいいのか。

快楽に支配された頭の中では、己の感情を整理できない。

「レオン……」

はっきりわかっていることがある。

自分はレオンを愛しているということ。


深い眠りの淵《ふち》から梶谷が目覚めたとき、隣にレオンの姿はなかった。用があり、一足先にベトナムを離れることになったと、枕元《まくらもと》のメモに残されていた。

そしてメモと一緒に梶谷の指には、知らない指輪が嵌められていた。

「いつの間に……」

指輪などなくとも、互いの体にはこれ以上ない絆《きずな》が刻まれている。だが自分たち以外の人の目には触れない絆。

「指輪……か」

既婚者《きこんしゃ》である証明《しょうめい》とも言える左手の薬指の指輪。自分たちだけではなく、他の人の目にも触れるこの証《あかし》を、あの男はどんなつもりで嵌めたのだろう。

愛しくもあり、切なくもある。

キラキラの笑顔で、互いの左手の薬指に指輪を嵌め合った、高柳とティエンの姿を思い出し、梶谷の胸の奥が締めつけられた。

2

マンハッタンの朝は早い。

アラームをセットせずとも、五時過ぎに梶谷の目は覚める。何度となくレオンには「年じゃないか」と揶揄《やゆ》をされたが、そのたびに殴《なぐ》っておいた。

頭の上から熱いシャワーを浴びることで体を覚まし、身支度を整えてマンションを後にする。ノリータと称されるこの地区は、マンハッタン島ロウアー地区に位置するリトルイタリーの北側にあたる。昨今《さっこん》、チャイナタウンの拡大に伴い、縮小の一途を辿るリトルイタリーの中でも、いまだ注目度を浴びる、マルベリー・ストリート。若手デザイナーのハイセンスな店が軒《のき》を連ね、再び活気を取り戻している印象があった。

アメリカ生活が長くなった梶谷だが、一所に落ち着くのを好まず、かつては一、二年ごとに転居を繰り返していた。

レオンと共に暮らしてからも二度引っ越しをした。三か所目がノリータの、今のマンションだ。

ドアマンにコンシェルジュが配置され、セキュリティは完璧だが、気取った雰囲気《ふんいき》がなく、温かみを感じられる。この物件を探してきたのはレオンで、どういう伝《つて》を辿ったかは知らない。怪訝《けげん》に思いつつも、内見したその場で契約を決めたぐらい、第一印象から最高に良かった。

職場のあるロックフェラーセンター駅までは乗り継ぎが必要だが、春先の穏《おだ》やかな気候《きこう》のときには、徒歩で向かうのも心地《ここち》良い。

途中、何軒かお気に入りのコーヒーショップも見つけた。時にイートインで、ほとんどの場合は、サンドイッチと合わせて朝食をテイクアウトして、職場に着いて一服する。

レオンがニューヨークに滞在《たいざい》しているときは、二人で朝食を摂《と》る時間を大切にしているが、ノリータの家に越してから、レオンは忙《いそが》しくあちこちを飛び回っている。何があるかは知らないが、基本、互いの仕事には首を突っ込まないのが暗黙《あんもく》の了解だった。

レオンの場合は特に、表の仕事ならともかく、裏の仕事の場合、梶谷が知らないほうがいいことも多い。

それでも、とりあえず連絡は取れるし、高柳の結婚式のときにはベトナムで数日共に過ごせるぐらいの時間は取れた。不安がまったくないと言ったら嘘《うそ》になるが、一緒に暮らし始めた初期に比べれば、梶谷の心は安定していた――はずなのに。

「……どうされますか」

向けられる問いで、梶谷ははっと顔を上げる。いつものコーヒーショップの注文途中で、考え事をしていたらしい。

「あ……と、テイクアウトで」

渡されたカップとサンドイッチの入った紙袋を手に店を出る。朝の陽射《ひざ》しを浴びてため息が零れ落ちてくる。

「何をやってるんだか」

梶谷は自分で自分を嘲笑《ちょうしょう》する。澄《す》み切った青空が、ベトナムのあの日の青空を思い起こさせたのかもしれない。

『結婚しないか』

あの日、レオンに告げられたプロポーズ。

自分たちが男女であれば、いや、男同士でも、互いの素性《すじょう》が違っていたら、あの言葉はもっと違う意味を持っていたかもしれない。

結婚という言葉に囚《とら》われずとも、既に二人は結婚したに等しい関係にあったと思う。共に生き共に過ごす。互いにそう思っていた。

にもかかわらず、レオンが突然「結婚」などと言い出したのは。

「高柳たちのせいだな」

独《ひと》りごちて、事務所のあるビルのエントランスへ辿り着く。顔馴染《なじ》みのセキュリティに会釈《えしゃく》をして、IDカードを翳《かざ》してゲートを通り抜けるとエレベーターへ乗り込んだ。

ロックフェラーセンター駅に直結したオフィスビルに事務所を移したのは先月のことだ。同じフロアには、法律事務所や会計事務所がある。

ホールを降りて右手に曲がる、通路を奥まで向かった真正面に、『KAJIYA LAW FIRM』がある。

セキュリティカードでロックを解除して中に入ると、最初に目に飛び込んでくるのは堆《うずたか》く積まれた段ボールだ。

「そういえば、片づけ途中だったな」

梶谷は乾《かわ》いた笑いを浮かべつつ、オフィス内に設置した休憩室へ向かう。

大きな窓《まど》を覆うブラインドを開くと、東の空から登る太陽に照らされたマンハッタンの摩天《まてん》楼《ろう》が眺《なが》められる。

「綺麗《きれい》だな」

ほうとため息をついて、買ってきたコーヒーを一口含む。深めの味わいが、すきっ腹に染み渡っていくようだ。急いでガサガサ紙の包みを開き、サンドイッチにかぶりつく。

アメリカ最大の流通チェーン、ウェルネスにおいて、無敗《むはい》の男としてその名を轟《とどろ》かせた梶谷が独立する際、数多《あまた》の大手法律事務所から声が掛かった。ウェルネス時代以上の年俸《ねんぽう》を呈示《ていじ》し、最良の待遇《たいぐう》や上席を用意してきた。

だが、梶谷はどの誘いにも首は縦に振ることなく、己の名前を冠した事務所を拓《ひら》く道を選んだ。

梶谷は、最初のうちはろくに仕事もないつもりでいた。だが、ウェルネスを出る際、ヨシュアからひとつの上限が課されていた。

『うちの仕事は続けること』――と。

さすがに顧問弁護士《こもんべんごし》の立場は固辞《こじ》したものの、ウェルネスが他社と契約を取り交わす際には、梶谷も外部弁護士としてウェルネス側に名を連ねた。

結果、独立してからも日々忙しく働かざるを得なくなったが、梶谷にとってはそれもまた楽しかった。

外から見るウェルネスは、中にいるときとは違って見えた。己が作った無敗伝説を破《やぶ》るのは、間違いなく己自身に違いないという確信も得た。

独立して二年も過ぎる頃には、ウェルネスとは関係ない仕事も増えてきた。少なくともウェルネス在職時代には携《たずさ》わることがなかっただろう、エンターテイメント系の仕事にも手を出し始めた。

それは偏《ひとえ》に、今、梶谷の事務所に所属する弁護士、パートナーのモーリー・ワッツマンとの出会いが大きい。

元々、民事に強い中堅《ちゅうけん》ローファームに所属していた頃から、モーリーと彼の妻であるシャロンとは面識があった。独立し夫婦で小さな事務所を開くつもりだと聞いたとき、梶谷は自らスカウトにいった。そしてワッツマン夫妻《ふさい》だけでなく、彼らの事務所に所属予定だったスタッフを含めて、自分の事務所に招き入れた。

その後、税理士《ぜいりし》を一人、秘書や法律事務スタッフを雇《やと》い入れたところで、それまでの事務所では手狭になった。引っ越しを考えていたタイミングで、新たなスタッフが増えた。

「あれ？」

事務所の扉《とびら》が開く音と同時に、梶谷以外の人の声が聞こえてくる。何事かと振り返ると、休憩室に入る扉のところに、箱を抱えた男が立っていた。

「あれー。英令さんじゃないですか」

ラフな口調に、デニムにシャツに、首からタオルを巻く姿は、学生の引っ越しアルバイトにしか見えないが、彼はれっきとした梶谷の事務所のスタッフだ。

「何やってんですか。まだ事務所、休みでしたよね？」

「その台詞《せりふ》、そっくりそのまま君に返すよ」

梶谷の笑いかける相手の名前は、ハリス・サカキバラという。梶谷の事務所の弁護士だ。

「事務所再開する前に、荷物だけは片づけておきたくて」

サカキバラは箱を下ろし、肩をぐるぐる回しながら梶谷の前までやってくると、手元のサンドイッチを覗《のぞ》き込んでくる。

「それより、良い匂いですね。それ、角のコーヒーショップの新作ですよね。美味《うま》いですか」

距離感の近さに苦笑しつつ、梶谷は紙袋を差し出した。

「食べるか?」

ハリスの顔が、その言葉でぱっと明るくなる。

「もちろん、食べます」

受け取った紙袋の中からサンドイッチを取り出すと、ぱくりと頬張る。パッと見、細面《ほそおもて》の美青年。ストレートの赤味の強い髪色に、ひょろりとした体躯。とにかく全体的に細身の男は、ウェルネス法務部時代の同僚だ。

「うまっ。梶谷さん、このサンドイッチ、美味いです」

唇の端《はし》にマヨネーズをつけながら、ここ何日も食事をしていなかったかのような勢いで、サンドイッチを食べ進めていく。

存在感が薄く気弱そうに見えるが、実に明るく押しの強いハリスが、梶谷の事務所の一員となったのは、つい最近の話だ。

スタッフが増えたこと、仕事量が増えたことで、事務所の狭さが顕著《けんちょ》になってきた。同じビル内に空きが出たことから、そこを借りるか、もしくはまったく違うところへ移るか。どうしたものかと悩んでいた時期に、ウェルネスを退職して以来、一度も連絡を取っていなかったハリスから一通のメールが届いた。

『ウェルネスを辞《や》めました』

それをきっかけに、久しぶりに一緒に飲むことになったタイミングで、ハリスが頭を下げてきた。

『英令さんのところで雇ってください』

何を突然に言い出すのかと驚かされた。

ウェルネス時代、梶谷の右腕に等しい存在だったハリスは、当然ながら仕事ができる。梶谷が退職してからは、おそらくハリスが先頭を切って仕事を続けてきたのだろう。

ウェルネスを退職するのは致し方ない。ハリスほどの弁護士なら、独立するのも他から引き抜きがあるのも当然だ。

だがさすがに、梶谷の事務所への就職希望はあり得ない。だから当然、梶谷は拒《こば》んだ。

『スタッフは間に合っている』

もちろん、それでハリスが諦《あきら》めるわけもない。そこから一週間、毎日、事務所に日参《にっさん》した結果、他のスタッフがハリスを受け入れたのである。

『いいじゃないか、梶谷。仕事も増えたところだ。アソシエイト弁護士が葛城《かつらぎ》くん一人じゃ大変だと君も言っていただろう』

葛城《かつらぎ》始《はじめ》は、梶谷の事務所のアソシエイト、雇われ弁護士だ。資格を取得してまだ二年目のヒヨコだ。まだまだ一人で仕事を担当できるほどの知識も経験もなく、梶谷やワッツマン夫妻のサポートを行っている。

事務所の引っ越しと合わせ、スタッフの拡充《かくじゅう》も、梶谷にとって重要事項だったのだ。

当然ながら、ウェルネス時代ほどの給与は支払えないこと、最初はアソシエイト弁護士としての雇用であることを伝えたところ、それでもいいとのことで、採用に至った。

その後、運よく今のビルに空きが出たことから、急遽《きゅうきょ》移転が決定した。

それがちょうど梶谷が高柳とヨシュアの件で、ベトナムへ向かうタイミングと合致したため、一か月、事務所を閉めることとした。

ちなみに今日は休業期間中のため、誰もいないと思っていたのだが、そうはいかなかった。

「昨日はワッツマンご夫妻もいらして、自室の整理をされてました」

「みんな、真面目だな」

梶谷は己のスタッフたちの勤勉さに感心する。

「それは英令さんが真面目だからでしょう」

当たり前のようにハリスに返されて、梶谷は目を見開く。

「ウェルネス時代もそうでしたよ。俺たち法務部の人間にとって、英令さんはリーダーであり、模範《もはん》でした」

真顔で続けるハリスから、梶谷は思わず視線を逸《そ》らす。

(私はそんな風に言われる人間ではない……)

梶谷は自分のことを誰より知っている。

仕事はできたが、レオンと出会う前の自分は、人間として最低の部類に入っていただろう。一緒に仕事をしていた人への気遣いなど皆無《かいむ》だった。

そんな自分を知るハリスの思いも寄らない言葉に、情けなさが押し寄せてくる。ここで謝罪《しゃざい》の言葉を口にしたら、自分の背を追ってきていただろうハリスたち同僚を貶《おとし》めることになる。

だから、自己嫌悪をじっと己の腹に納《おさ》める。

「休みの間、君は恋人と過ごしていたのか?」

「え……げ、ほげほ」

話を変えるべく梶谷が尋ねると、ハリスは突然に咳《せ》き込んだ。

「どうした……飲むか」

背を丸めて咳き込み続ける同僚の背中を撫でながら、梶谷は彼の飲んでいたドリンクを手元に引き寄せる。

「や……すみ、ま、せ……げほ、げほ」

水を一口飲んで、少し落ち着いてきたようだ。数回、喉を鳴らして水を飲んでから、やっと話せる状態になった。

「大丈夫か?」

「はい……ご心配おかけしてすみません」

ぐびっともう一口水を飲む。

「まさか英令さんから、そんな風に彼のことを聞かれるなんて思ってもいなくて……」

咳き込んだせいで赤味を帯びた頬を緩めたハリスは、自身の恋人のことを「彼」と言う。

ハリスが梶谷を頼ってきた理由には、彼がゲイであることもあったというのは、後日の話だ。

ハリスが本当にウェルネスを退職しているのかを確認すべく、人事に連絡を取った。そこで彼の退職理由が、ゲイであることを何者かに暴露《ばくろ》されたからだと聞かされた。

ウェルネスという会社自体は、LGBTQに対して大きく門戸を開いている。だからといって、社員のすべてが己の性指向《せいしこう》を公言しているわけではない。

己がゲイである事実を秘していたハリスは、信頼していた人間に、己の秘密を暴露されたショックでウェルネスを退職し、同じゲイである梶谷を頼ってきた——のだが、その事実には梶谷も驚かされた。

梶谷自身、レオンという恋人がいることを秘密《ひみつ》にしていたからだ。

ハリス曰《いわ》く、『ゲイにはゲイがわかる』らしく、ある日突然、「梶谷＝ゲイ」を前提に話をされて仰天《ぎょうてん》した。

慌てて取り繕《つくろ》おうとしても意味はなく、結果、梶谷とハリスは不本意ながら、「男の恋人を持つ者同士」という関係となってしまった。

だが確かにハリスが驚いたように、梶谷からこういう話を切り出したことはなかったかもしれない。

それに気づいたところで、一度した話をなかったことにはできない。

「ウェルネス在職時代は、ろくに休みなど取れなかっただろう？　だから、この休みはたっぷり彼との時間を過ごせたのかと思ったんだが……」

「俺は休みでも、あっちは仕事なので」

「ああ、そうか」

空《から》になったコーヒーの入っていたカップを掌《てのひら》の中で潰《つぶ》す。

「君らは、正式に結婚しているんだったかな」

「いえ」

即否定《そく》するハリスの表情に、少し影《かげ》が差す。

「いつかはとは思ってるんですけど」

「そうか」

「一緒にいられるだけでも幸せだと思ってます。でも、正式に家族になって子どもを育てたいんです」

「子ども……」

梶谷には想像すらできない生活設計に、先の言葉を紡げなくなる。その反応に、ハリスは「いつかですよ、いつか」と付け足してきた。

「いつかだとしても、はっきり将来《しょうらい》設計があるのは羨ましい」

「英令さんは、将来設計ないんですか。恋人との」

「なんで」

「その、これ……」

ハリスは自分の左の薬指を示す。なんだろうかと自分の手を見つめ直した瞬間、自分の指に嵌《はま》っている物を思い出す。

「これ、は……」

梶谷は慌てて右の手で指輪を覆い隠すものの、まさに今さらだった。ベトナムでレオンに嵌められたままにしていた。

指輪に大した意味はないと思いつつも、高柳とティエンの薬指にある指輪を見て、羨ましくなかったとは言わない。そんな梶谷の気持ちをレオンが果たして知っていたかは知らないが、彼は梶谷の指にこれを嵌めたのだ。

梶谷は笑おうとした。言い訳しようとしても、何も言葉が出てこなかった。

「あ、ああ、お疲れ」

「え、と……サンドイッチ、ご馳走《ちそう》さまでした。俺、荷物を自室に運んだら帰ります」

空気の気まずさに、ハリスは席を立つ。背中を見送って梶谷は己の顔を両手で覆う。

「気を遣わせてしまった……」

左手の薬指の指輪が何を意味するか、大抵の人はわかるだろう。おまけにあれだけ挙動不審《きょどうふしん》になれば、誤魔化《ごまか》すことも無理だ。

きっとハリスは思い切り勘違《かんちが》いしただろう。

いや、勘違いではない。ないものの、己の気持ちが定まっていない状況《じょうきょう》では、強く肯定しきれない。

（どうしたら、彼らみたいになれるんだろう……）

高柳みたいにはなれない。だがせめて、ハリスみたいになれたらと淡《あわ》い希望を抱いてみたが、それほど簡単ではなさそうだ。

結婚の返事の期限は設《もう》けられていない。だが常識的に考えて、それほど先延ばしにできることではないだろう。否と答えた場合、レオンとの関係はどうなるのか。結婚しないで今の関係は続けられるのか。

「それは、甘いか」

ベトナムで別れたあと、まだ米国に帰ってきていないレオンの顔を思い出す。メールや電話もないのは、梶谷に考えるための時間を与えてくれているからだと思う。

だから、現実から目を背《そむ》けてはいけないとわかっているが、いまだ心は決まっていない。


その後、ある程度、書類の整理を行ったところで、梶谷は作業を終わらせることにした。

ＯＡ機器のセッティングは事務所再開に合わせ、業者に行ってもらう予定になっている。

個人的に用意しておくべき物だけチェックをすると、一応ハリスの部屋を覗いた。だがさすがに彼も帰っているようだった。

施錠《せじょう》を確認してからビルを出ると、太陽は高い位置に昇《のぼ》っていた。思っていたより時間が経っていたことに驚かされる。

「昼飯は、家にあるもので適当に済ませるか」

元々、梶谷は食に対してさほど強い欲求がない。一人で過ごしていると、どうしても食事が疎《おろそ》かになる。

レオンと会う前、どう過ごしていたか、梶谷は思い出すことができなかった。そして一人になったとき、どう生きていけばいいのかも想像できないでいる。

となれば、自分の出すべき結論はひとつしかない。それでも、その結論を選ぶことを躊躇してしまう。

交渉事《こうしょうごと》なら、大胆《だいたん》な決定も躊躇なくできる。だがいざ当事者となってしまったら、損得《そんとく》以前の問題で、壁にぶち当たってしまう情けない人間だ。

「どうしたらいいのか……」

足元だけを見つめながらも、自宅に戻ってきていた。会釈をすると、身長二メートルの元警《けい》察官《さつかん》のドアマンに「カジヤ」と手招きされる。

「お疲れ様。なんですか？」

「コンシェルジュに寄ってください」

「……はい」

何か荷物でも預かってもらっているのか。ドアマンに導かれ、年配女性のコンシェルジュの元へ向かう。

「梶谷さん。中に来てください」

慌てた様子で招かれ、マンション内の管理人室へ入ると、そこにはソファで眠る子どもがいた。目深《まぶか》にかぶったニット帽《ぼう》から見える茶色の巻き毛に、目を閉じていてもわかる彫りの深い顔立ち。年の頃は二歳ぐらいか。フェイロンよりは少し幼い気がする。

「……この子どもが何か」

状況が理解できずに尋ねると、コンシェルジュは封筒《ふうとう》を梶谷に手渡してきた。

「その子、手紙を持っていたの」

「手紙?」

どういうことかわからないまま、促《うなが》されて封筒の中の手紙を取り出して開く。そして読み進めていき、顔を上げる。

「これ」

「李《リー》さんというのは、貴方《あなた》の同居人ですよね?」

改めて李と言われると、一瞬、誰のことかと思うが、すぐにレオンのことだと認識する。梶谷名義のマンションでは、レオンは「同居人」だ。

「そう、ですが……」

梶谷は応じてから、もう一度手紙に目を戻す。

そこには癖《くせ》の強い文字で、こう書かれていた。

『李徳華《リードーホア》へ。貴方の子どもです。よろしくお願いします』

「貴方の、子ども……？」

文字が読めても意味がわからない。

「今朝の八時前、出勤したドアマンにこの手紙を手渡したそうです」

「一人で？」

「ドアマンが気づいたときには、この子以外は誰もいなかったそうです」

「置き去り……？」

梶谷の住むマンションは朝八時から夜七時までドアマンが、九時から六時まではコンシェルジュが常駐《じょうちゅう》し、それ以外の時間は二十四時間の監視《かんし》システムで護られている。それがわかっているからこそ、幼い子を置いて行ったのに違いない。

「監視カメラで確認はしたんですか？」

「今見てもらっているところです」

おそらくほどなくすれば、置き去りにした人は突き止められるだろう。

タトゥーアーティストとしては「レオン・リー」で通っている。李徳華の名前を知る人は、それほど多くない。

だから余計に、この手紙の文章に書かれた内容が真実味を増してくる。

改めて梶谷は眠る子どもに目をやる。

淡い色合いのパーカーと、同系色のふんわりとしたパンツを穿《は》いた子ども。

貴方の子。レオンの子どもだというのか。

すやすや眠る子どもの寝顔が、レオンの顔に重なってくるように思えた。

3

改めて言うまでもなく、レオンという人間は男女問わずモテる。

まずその外見。

不精髭と伸ばし放題の髪や、粗野《そや》でラフな印象は拭《ぬぐ》えないものの、恵まれた体軀に整った造《ぞう》作《さく》は、どうしたって人目を惹《ひ》く。何より雄《おす》としての圧倒的な強さや、生気や色香には抗《あらが》えないものがある。

常人とは異なる空気を纏っていても、危険だからこそ魅力的《みりょくてき》に思う者は多いだろう。

加えて、カリスマ的なタトゥーアーティストとしての技術もある。

世界的なセレブを顧客に持つ彼の腕の凄《すさ》まじさは、梶谷は身を持って実感している。刺青という概念《がいねん》を根底から覆《くつがえ》すほど、レオンの描いたタトゥーには命が宿る。

相手の真の姿を描くという言葉そのままに、レオンによって肌に描かれた絵柄《えがら》は、ただの「絵」ではない。

梶谷の体に咲《さ》いた蝶も、梶谷とともに生き、変化しているように感じている。

そんな刺青を生み出すため、かつ自分が肌に墨を入れるに相応《ふさわ》しいか否かを確かめるため、レオンは相手を「抱く」と言われていた。梶谷自身、レオンに抱かれていたから、しばらくの間はそれを信じていた。レオンが客の体に墨を入れる姿を盗《ぬす》み見したときも、傍《はた》から見ればセックスの最中だと言っても否定できないような状況だった。

確かにセックスの最中、人の本能は表に出やすい。梶谷もレオンと関係を持って、知らなかった自分を痛感させられた。だから、信じざるを得ず、レオンは自分以外の誰かを、仕事のたびに「抱いている」のだと思い続けていたのである。

それも、恋人となってからも、結構長い間だ。レオン当人に確認しようと思ったこともある。だが否定されるならともかく、肯定されたらどうすればいいのか、梶谷にはわからなかった。

そうかもしれない、と思うことと、そうなのだと確信することはまるで違う。

真実を知ったところで、レオンの仕事を思えば、梶谷に何かを言うことはできない。仕事なのだと割り切ろうと思ったところで、愛する男が自分以外の誰かを抱く事実を想像するだけで、堪《た》えがたい感情が湧《わ》き上がってくる。

それは、嫉妬《しっと》という感情だった。

結果から言えば、墨を入れる際に相手を抱くという話は、レオンに否定されている。だからといって、レオンが自分以外の誰かを抱いたことがあるだろう事実は消えない。

当たり前の話だが、別の意味で体の関係を持った相手は数え切れないほどいるだろう。レオンが望まなくとも、相手が求める。

表の世界においても、彼は他に代えられない立場にある。彼自身の遺伝子《いでんし》が、なんらかの形で保存されている可能性も否定できない。

だからあらゆる状況において、この世に彼の血を受け継ぐ子どもが存在してもおかしくはない。梶谷は無意識に、自分自身に言い聞かせていたのかもしれない。

(レオンの、子ども……)

だから、突然に降って湧いた子どもの存在に驚いてはいても、レオンの子どもかもしれない部分は、あっさり受け入れていた。


「……李さんに、連絡はつきますか?」

コンシェルジュの問いで、梶谷は己の思考の中から現実に引き戻される。

ここがどこか、そして今、自分がどういう事態に直面しているか、改めて理解する。

ここは、自分の住むマンションの管理人室。コンシェルジュである四十代の女性と、開け放った扉の奥のパソコンの前には、置き去りにされた子どもを見つけた元警察官のドアマン、そして「レオンの子」だという幼い子どもが目の前にいた。

ちなみに子どもは疲れたのか眠っている。

「電話は何度かしていますが出ません。メールも入れましたが、すぐに見るかどうかは……」

ベトナムで別れたあと、レオンとは一度も連絡を取っていない。

元々レオンはマメなタイプではない。梶谷からメールを送っても、二、三日返信がないのも当たり前なのだ。

基本、レオンは不精かつ、神出鬼没《しんしゅつきぼつ》なところがある。「同居」していても、実際一緒に暮らしている時間は一年に半分もないだろう。

レオンはもちろん、梶谷も多忙《たぼう》で数日家を空けることは多い。それがこれまで、当然だった。

「そうですか……」

コンシェルジュはため息を漏らす。

「この手紙以外に、何かこの子の情報はないんですか？」

「背負っていたリュックの中には、着替え用の下着とシャツが二枚ずつ入っていただけ。一応、名前と年齢は聞いています」

「聞いてるって、誰から」

「本人からです」

「……え？」

梶谷は寝顔に目を向ける。それからコンシェルジュに向き直る。

「本人から？」

つまりこの子どもが？

「ええ。自分から名乗りましたよ。カアプって」

「……え」

「二歳だって。指を二本立てました」

「カアプ……」

「この子の名前、李さんから何か聞いてないですか？」

「は、い……」

聞いてはいない。だが子どもの名前に引っ掛かりを覚える。

カアプ。おそらく正確にはｃｕｂ。

その名前の意味するところは、熊《くま》や虎《とら》、ライオンの子ども。

「となると、とりあえずは警察に預《あず》けますか」

「警察？」

思わず声が出る。

「ちょ、ちょっと待ってください。警察に預けるって……」

「置き去りにされた子を見つけた段階で、警察には連絡済みです。すぐにでも引き取りに来る話だったんですが、今回、手紙の内容が内容でしたから、先にこちらで確かめてからと思って待ってもらってたんです。もしかしたら何か事情があるかもしれませんし」

手紙に書かれていることが真実なのかを確かめようにも、レオンには連絡がつかない。梶谷自身、否定はできない。二歳という年齢がまた微妙《びみょう》だった。

「あ」

どうしたものかと思っていたとき、監視カメラの映像を確認していたドアマンが声を上げる。

「わかりましたか？」

「……これ……」

ドアマンの慌てた様子を見て、梶谷はコンシェルジュとともにドアマンの元へ向かう。そして、画面に映し出された映像を凝視《ぎょうし》する。

「巻き戻しますから、この辺りを見ていてください」

示された場所を見ていると、戻っていく映像の中に、置き去りにされた子どもを連れた一人の女性が現れる。

画面に表示されている時間は、朝の七時半過ぎ。ドアマンの交替時間の少し前だ。

豊かなブルネットヘアに、背はあまり高くないものの、コートを羽織っていてもわかるほど抜群《ばつぐん》のプロポーション。そして東欧《とうおう》系の美貌《びぼう》。

監視カメラの鮮明《せんめい》ではない映像でも、明らかに普通ではないその女性は、顔を隠すように目深《まぶか》にキャップを被《かぶ》っている。

周囲を気にしながら、今ソファで眠る子どもをマンションのエントランス前の階段に座らせる。彼女もそこにしゃがみ込み、子どもと何かを話したあと、小さく手を振ってその場から離れようとした。

そのとき、咄嗟《とっさ》に子どもの伸ばした手が女性のキャップに触れ、隠されていた顔が露わになる。

薄化粧とサングラスを掛けていても隠しきれない圧倒的な美は、カメラ越しでもわかる。女性は慌てた様子でキャップを被り直すと、逃げるようにしてその場から消えていく。そして、子どもだけが残される。

子どもは状況がわかっているのか否か、母親が去っても、泣いてはいなかった。

「これ……」

顔が見えたのは一瞬だ。でもその一瞬だけでも、梶谷はそれが「誰か」を認識できた。おそらくドアマンもコンシェルジュも同様だろう。彼女たちの驚きの目が物語っている。

「イザベラ・マーロウ……ですね」

彼らの言葉を梶谷が代弁《だいべん》する。

イザベラ・マーロウはハリウッド女優だ。その美貌のみならず、上品な貴婦人《きふじん》から娼婦《しょうふ》や殺人鬼《さつじんき》までこなす類《たぐ》い希《まれ》なる演技力で、人々の目と心を釘付《くぎづ》けにしている。

デビューは比較的遅く、二十代後半になってからだ。確か五年ぐらい前だ。しかし、初出演作は端役《はやく》にもかかわらず、その強烈な個性で注目を浴び、一気にハリウッド女優の頂点にまで上り詰めた。

頭が良く、会話はウィットに富んでいる。それまでの経歴はベールに隠され、謎《なぞ》めいたところが彼女の魅力を倍増させている。

そしてイザベラをイザベラたらしめているのが、両の内腿《うちもも》に描かれた薔薇《ばら》だ。

三年ほど前。

有名な映画賞を立て続けに受賞した式典に、ワンピースを着用して登場した。深いスリットの入ったドレスの間から覗く薔薇に、誰もが釘付けになった。

それほど超のつく女優だ。朝の人通りの少ない時間帯を狙《ねら》って、おそらくこの近くまで車で来たのだろう。そして、子どもをここに置いて行った。

出勤してきたドアマンが子どもに気づくのは、それから五分後。

驚いたドアマンはすぐに己の着ていたジャケットを脱ぐと、子どもを包み、そのまま抱えてマンションの中に姿を消した。

「すみません。私があと五分、早く出勤していれば……」

「君が謝《あやま》ることじゃないだろう？　それよりも、その後の冷静な対応を称賛《しょうさん》する」

「いえ……私は何もできていません。すべてはミズに……」

ドアマンに話を振られたコンシェルジュは、「私も何もしてません」と謙遜《けんそん》する。

「私を怖がってしまった子どもでしたが、ミズが優しく接したことで、年齢と名前、それから手紙を持っていたことがわかりました」

「同じぐらいの孫《まご》がいるので、子どもの扱《あつか》いに慣れているだけです」

「名前と年齢を自分で言ったんですか？」

「二歳なら、言える子もいますよ」

梶谷が驚きの声を上げると、コンシェルジュは平然と応じる。

「さすがにどうしてここにいるかは、聞いてもわかりませんでしたけれど」

子どもの眠るソファ横のテーブルには、おそらく彼女が用意しただろう飲み物の入ったマグカップと、お菓子の包み紙があった。

少なくとも梶谷は、見知らぬ子ども相手にどう接したらいいかはわからない。ただ慌てふためくだけで、冷静に対処《たいしょ》することもできなかっただろう。

彼女は己の孫に対するように、優しく接したに違いない。

「それよりも、どうしてこんな有名人が……」

コンシェルジュとドアマンが互いに顔を見合わせ首を傾《かし》げる様子に、梶谷は内心で答える。

（レオンの客だから）

直接、レオンに確認したことはない。だが梶谷は、彼女の腿に描かれた薔薇を目にしてすぐ、それがレオンの手によるものだとわかった。

繊細かつ大胆。流麗《りゅうれい》で滴《したた》る色香を放つ、イザベラそのものとも言える薔薇を描けるのは、あの男以外にあり得ない。

レオンと関係のある女優。

薔薇の刺青が話題になったのが三年前。子どもの年齢は二歳。

そして子どもの名前。

完全なる偶然《ぐうぜん》だと言うにはさすがに無理がある。

ただ、なぜレオンが梶谷のマンションにいると知っているのか、このタイミングで預けてくることの意味はわからない。

「イザベラは今どこに……」

「メキシコに行くとＳＮＳに」

コンシェルジュは、イザベラのＳＮＳを表示したスマホの画面を梶谷に見せてくる。

まさに今日、撮影《さつえい》のためにメキシコへ向かうと空港の写真がアップされていた。監視カメラに映っていたそのままの服装だ。

「とにかく、警察にこの情報を……」

コンシェルジュが電話に手を伸ばそうとしたとき――。

「あの……」

「ここ、どこ?」

梶谷が口を開くタイミングで、背後から子どもの声が聞こえてきた。咄嗟に振り返った梶谷は、子どもと目が合った瞬間、金縛《かなしば》りにあったかのように身動きが取れなくなってしまう。目を開けると、母親に似た目元がはっきりしていた。

「起きたの?」

そんな梶谷と違い、コンシェルジュがすぐに立ち上がって子ども――カアプのところへ向かう。目線を合わせるべくしゃがんで、眠い目を擦る小さな手を優しく包み込む。

「お腹空いてない? トイレに行きたくない? 喉乾いてない?」

その問いかけに、カアプはひとつひとつ首を横に振る。

「ママ、は?」

しかしカアプからの問いに、コンシェルジュは黙《だま》り込んでしまう。そっと視線で合図をして、ドアマンが警察に連絡をしようとするのがわかった。おそらくその後はプロの手に委《ゆだ》ねられるだろう。母親が誰かははっきりしている。すぐに彼女に連絡がいく。鼻の効《き》くマスコミが嗅《か》ぎつけてニュースになるかもしれない。

そして、彼女があえてレオンに子どもを託《たく》すに至った事情も詳《つまび》らかにされる。

梶谷は電話に手を掛けようとしたドアマンの手を遮り、覚悟を決めてカアプに向き直った。

顔だけでなく、心もともに。

「君のママはちょっと用があって、少し帰って来られないんだ」

見知らぬ男に突然声を掛けられたせいか、カアプは一瞬身構《みがま》えてコンシェルジュの後ろに隠れる。

「梶谷さん……」

心配そうなコンシェルジュの視線に気づく。

(ああ、怖いのか)

目線を合わせるべく、梶谷はその場にしゃがみ込む。

「私は君のママの……」

途中でしばし悩む。自分とこの子どもの関係性は何か。

「友達の友達で、梶谷という」

考えたところで答えは出ず、曖昧な立場になってしまう。

レオンの子だとしても違ったとしても、この子にとって自分は「イザベラの友達の友達」以外にはなり得ない。

当たり前のように笑顔は作れないし口調も変わらない。だが梶谷なりに目いっぱい柔《やわ》らかい声色《こわいろ》を心がけたつもりでいた。それが良かったのか、おずおずとカアプが反応する。

「カ、ジ……カ、ジャ」

子どもには「カジヤ」という名前は言いにくいようだ。赤味を帯びていた頬がさらに赤く染まっていく。

「そう、カジャだ。君の名前を教えてくれるか?」

既にコンシェルジュ経由《けいゆ》で教えてもらっているが、コミュニケーションはまず自己紹介からだ。

「カアプ……」

「カアプ。初めまして」

カアプが名乗るのに合わせて、梶谷は自分から手を差し出した。何を意味するのかわからないように、カアプは梶谷を見上げてくる。

上目遣いの視線。基本の造作は母親であるイザベラによく似ているが、目尻が下がり気味《ぎみ》なことに気づく。

（レオンと同じ）

若干《じゃっかん》、垂《た》れ気味の目尻は、初めて会ったとき、梶谷に強烈な印象をもたらしたレオンの特《とく》徴《ちょう》だ。百九十センチに少し欠《か》ける長身の上に、筋肉質な鍛《きた》えられた体軀。長めの髪に無精髭を生やした肉食獣《にくしょくじゅう》にもかかわらず、下がった目尻から強烈な艶《つや》を放っていた。

さすがに二歳の子どもだ。レオンと同じ独特の艶を放ったりはしないものの、母親によく似た凜《りん》とした造作の中、下がり気味の目尻からは、ふわりとした柔《やわ》らかさが感じられる。

「はじめ、まして……」

たどたどしいものの梶谷の真似《まね》をしたカアプは、小さな手を梶谷に差し出してきた。その手を、梶谷は細心の注意を払い、優しく握る。

「ママが帰ってくるまで、私の家においで」

握っていた手を離すと、カアプはコンシェルジュの用意した暖《あたた》かいミルクの入ったカップを両手で持った。

梶谷の誘いに、カアプは不安そうに眉《まゆ》の間に皺《しわ》を寄せる。最初に、この部屋の中で一番自分に近しいコンシェルジュに目を向け、それからドアマンを見つめてから、もう一度、梶谷に視線を戻してきた。

不安は拭えていないだろうが、幼い頭で懸命《けんめい》に考えを巡《めぐ》らせたのだろう。

「……いいの？」

消えそうに小さな声で確認してくる。子どもなりに、梶谷のことを心配してくれているのだろう。

「もちろん」

「梶谷さん！　李さんに連絡ついたんですか？」

「いいえ」

「だったら……」

「連絡がついて本人に確認が取れるまで、私が責任を持って預かります。警察には私の連絡先を伝えてください。弁護士であることも合わせて。必要なら、どんな手続きもします」

こういうとき、弁護士は便利だ。

だが、梶谷の専門分野は経済系だ。家庭内トラブル等の民事については資格を取得する際に上辺だけ丸覚えしたくらいだ。今も民事の仕事は、ワッツマン夫妻に任せてしまっている。いざとなったとき、何をどうすべきかなど、よくわかっていない。

梶谷は自分に言い聞かせるように、はっきりと言い放つと、眼鏡のブリッジを押し上げてから、カアプに再び手を差し伸ばす。

今度は握手のためではない。カアプは状況を理解したのか、カップをテーブルに戻し、ソファから下りて、梶谷の手を自分から摑んできた。

握手したときも思ったが、指は小さく細く、何よりも暖かい。背の高さはフェイロンより少し小さいだろうか。

初めて会う梶谷に多少、警戒《けいかい》はしているだろうが、それでも自分の「味方」だと本能で理解したのだろうか。

手を握る指の必死さに、梶谷の中に初めての感情が芽生《めば》えてくる。

普段、梶谷の周りに子どもはいない。高柳と一緒にいるフェイロンを見かけるぐらいだ。そのときも、遠目に眺《なが》めるだけで、会話をしたこともなければ、世話をしたこともない。

正直なところ、梶谷にとって子どもという生き物は、未知《みち》の生物以外の何者でもない。

それでも、子どもを預かるという梶谷の決意が固いと知ったコンシェルジュからアドバイスをもらう。

既にオムツは外れているようだが、環境《かんきょう》の変化で粗相をする可能性があるため、パンツ型のオムツを用意すべきこと。離乳食《りにゅうしょく》は終わっていて、ある程度、大人と同じ食事はできるが、栄養や味つけに気をつけること。

「弁護士である貴方を信用しています。でも、何かあったらすぐ、私にでも警察にでも連絡をしてください」

子どもに関わる様々な事件《じけん》は、日々テレビのニュースを賑《にぎ》わせている。彼女の心配も致し方ない。

「わかっています。ありがとうございます」

リュックを左手に、右の手をカアプと繋《つな》いで管理人室を出てすぐ、ドアマンが追いかけてきた。

「梶谷さん」

「何か……」

どうしたのかと問おうとした梶谷に、手に持っている袋を差し出してきた。

「これ、さっきカアプのために買った物です。良かったら使ってください」

袋の中には、菓子やジュースが入っていた。カアプのために用意されていた菓子は、ドアマンが買ってきた物だったのか。

「ありがとうございます。代金を……」

「いりません」

「だが」

「これは、私がカアプのために買ったものなので」

パッと見、強面《こわもて》のドアマンはにっこりカアプに笑いかける。梶谷の後ろに隠れていたカアプは、向けられた笑顔に驚いていた。

「私にも、カアプぐらいの子がいます。うちの子と重なって……だから、どんな事情があったにせよ、余計にこの子を一人で置き去りにしたことが許せなくて……」

イザベラは、ドアマン不在の時間を「狙って」子どもを置いていった。にもかかわらず、己の不在を責めるドアマンの優しさを、梶谷は素直に受け取ることにした。

「ありがとう」

「カアプに幸せが訪れますよう」

ドアマンはカアプに向かって手を振って、仕事に戻る。

このマンションに住み始めて一年に満たない。おまけに不在にしていることも多いゆえ、これほど長い時間、コンシェルジュとドアマンと会話したのは初めてだった。そして彼らがこれほどまでに優しい人だとも知らずにいた。

「カアプ」

梶谷はドアマンから手渡された袋をカアプに示す。

「これ、君のお菓子だそうだ」

カアプは恐る恐る中を覗き、パッと笑顔になる。

「お菓子食べたい？」

「食べたい」

良い返事だ。二歳児は思っていたよりも意思の疎通《そつう》ができることに、梶谷は正直なところ安堵《あんど》していた。

他の子どもを知らない梶谷にとって、子どもの基準はフェイロンだったからだ。

何しろフェイロンは、単語程度しか喋《しゃべ》らない。こちらの言うことは理解しているのだと高柳は言うが、傍から見ていると、意思の疎通ができているのは高柳だけのように見えていた。

（これなら、カアプからもう少し話が聞けるかもしれない）

どの程度の事情をカアプが理解しているかはわからないが、どうしてここに一人でいるか、ヒントはもらえるかもしれない。


部屋の扉を開けて、梶谷は「どうぞ」とカアプに中に入るよう促す。

カアプは少し躊躇《ためら》うように梶谷の顔を見上げていたが、もう一度「どうぞ」と言うと、コクリと頷《うなず》いた。

だが、そのまま部屋に入りそうになったので、梶谷はカアプの腕を慌てて掴んで引き留める。

「ごめん。靴《くつ》はここで脱いで」

「脱ぐの？」

「そう。うちは部屋に入るとき、靴を脱ぐのが約束だ」

生憎《あいにく》、子ども用のスリッパがないことに気づく。

（後で買う物リストに入れておこう）

靴を脱がせるのと合わせて、ニット帽《ぼう》も脱がせる。

つい最近までベトナムにいたせいで、梶谷の中から季節感がまったく抜け落ちているが、部屋の中は裸足《はだし》で過ごせるぐらいの気温に保たれている。

「カジャ。開けていい？」

廊下《ろうか》の突き当たりまで辿り着いたカアプは、梶谷に扉を開けていいか聞いてくる。

「電気を点《つ》けていないから少しだけ待って」

「電気？」

カアプは靴を脱ぐ梶谷の前まで戻ってくる。

「その前に、この扉を開けるとトイレと風呂がある。ここは鍵《かぎ》がかかっているから入れない。ここはキッチンに繋がってる」

梶谷はカアプと再び手を繋ぎ、廊下の左右にある扉をひとつずつ説明しながら、一つの部屋の照明を点ける。

「ここは、君がうちにいる間の部屋」

ベッドと小さなテーブルがあるだけの小さな客間。当初、レオン用の部屋のつもりでいたが、ここに越してきて以来、一度も使用されていない。備え付けのクローゼットにも、レザージャケットが一枚掛けてあるだけだ。

「ボクの部屋?」

「そう。ここに君のリュックと帽子は置いておく」

普段、誰も生活していない部屋は、やけに寒々しく感じられる。カアプもそう思ったからか、梶谷の手に縋《すが》りついてきた。

「ここにいないとだめ?」

「いや。荷物を置くついでに説明しただけだ。今はリビングに行こう」

それは廊下の突き当たり。カアプが開けようとした扉の先だ。

真正面には、ニューヨークの街が眺められる大きな窓がある。その窓に添うように左側にダイニングテーブル、右側にソファが設置されている。リビングとキッチンを合わせ、日本で言うところの二十畳《じょう》程度。

建物自体は年季が入っていて古めかしいものの、室内は完全にリノベーションされていて生活をするのには快適な空間が広がっている。

以前住んでいたマンションは、元々２ＬＤＫの部屋をぶち抜き、寝室からニューヨークの摩天楼が臨《のぞ》めるようにした。

最初のうちは仕切りのない広々とした空間がなんとも心地よかったものの、やがて一人暮らしの長い成人男性の二人暮らしには向かないことを悟《さと》った。

だから次の住まいは、それぞれの個室のある部屋を選んだのだが、レオンは自室を使用していない。

「ここがリビングとキッチン。ソファに座ってくれるかな。今、ミルクを温めよう」

梶谷はテーブルにドアマンから渡された袋を置く。中を確認して、カアプが食べやすそうなクッキーを取り出してから、冷蔵庫の中から買ってきたばかりのミルクを取り出した。

梶谷の話など耳に入っていないのか、カアプは大きな窓から外を眺めている。

小さな背中を眺めながら、子どもを引き取ったという現実を改めて認識して、カップにミルクを注ぐ手が震えてしまう。

（どうするつもりなんだ……）

衝動的《しょうどうてき》に連れ帰ったものの、梶谷はまったく自分がノープランだったことを改めて思い知らされる。

かろうじてミルクはあっても砂糖《さとう》がない。食事も作れない。デリバリーを頼むといっても、最近頼んでいるのは韓国《かんこく》の激辛《げきから》料理や、インドやタイの激辛カレーだった。

高柳とヨシュアの件で、アジア圏での仕事が多かったので、料理もアジア圏に馴染《なじ》んでしまっていたのだ。

（さすがに激辛料理は駄目だ。大人と同じ料理でもいいとミズは言っていたが、ハンバーグ？　パスタ？　どこで頼めばいい？）

平静を装《よそお》いつつも、内心、滝汗《たきあせ》を流し、必死に考えを巡らせていた。

（着替えはどこで買う？　デパートなら置いてあるか。サイズは？　靴は？　シャンプーは大人と同じ物でいいのか？　そういえばリュックの中に特に常備薬的な物はなかったが、もし風邪《かぜ》を引いたら薬はどうすればいい？　日本と違ってアメリカの子どもの診察料《しんさつりょう》はどうなってる？　そもそもどこの誰とも知らない子どもを診察してくれるのか？）

ひとたび考え始めたら止まらなくなる。

それこそ、幼稚園《ようちえん》や学校をどうしたらいいのかまで考えが及《およ》び始めた頃、

「カジャ」

窓の外を眺めていたカアプが足元にいた。見慣れない背の高さで、存在を忘れがちだ。

「あ、何？」

「ブルブルしてる」

小さな手に持ったスマホを差し出してきた。

「え？」

帰宅してから、気もそぞろで、スマホをどこへ置いたかすっかり忘れていた。

「ありがとう」

受け取って画面を見てはっとする。

『高柳』

梶谷は急いで電話を受ける。

「梶谷だ。待たせてすまない！」

『どうしたんですか。そんなに慌てて』

聞こえてくる明るい声に、梶谷は己の心が解《と》きほぐされ、急激に脱力《だつりょく》するのを感じる。

梶谷は温まったミルクを電子レンジから取り出し、菓子とともにテーブルの上にセットする。

それを見てカアプはいそいそと椅子《いす》に乗ってくるが、座ってみるとテーブルが高くて手が菓子まで届かない。

「カジャ……」

泣きそうな顔で訴えてくる姿に、梶谷は肩を竦《すく》める。

『なんか、子どもの声がする……?』

「説明するから少し待っていてくれ」

梶谷はスマホをテーブルの上に置き、ミルクの入ったマグカップとクッキーを入れたお菓子の皿を手にして、リビングのローテーブルに置いた。

「食べていい?」

「ああ。ミルクは熱いから火傷《やけど》しないように」

「はい」

元気な返事のあと、クッキーを摘《つま》む姿を確認してから、梶谷は急いでスマホを手に取る。

「申し訳ない。一度切って掛け直せばよかった」

ベトナムからかけてもらっているのに。

『いや、いいよ。どうせ今アメリカだし』

「……ベトナムじゃないのか?」

『マンハッタン。さっきリバティ島に行ってきました。梶谷さん、自由の女神、登ったことあります?　僕は何度もあるんですけど何回行っても楽しいですよね』

観光の話などどうでもいい。梶谷は気持ちを落ち着けるべく、眼鏡のブリッジを押し上げる。

「マンハッタンに、何をしに……」

ヨシュアとの話はベトナムで纏まったはずなのに。

『マリッジライセンス取得するのに行くって話したの、覚えてないですか？　そのとき時間があれば、ヨシュアとタイングループの契約書を渡してくれると言ってたの、梶谷さんじゃないですか』

「……そういえば……」

高柳は生活の拠点《きょてん》をベトナムに移すが、結婚許可証《けっこんきょかしょう》をニューヨークで取得すると言っていた。ベトナムでは、高柳が新規で仕事をするため、パートナー企業となるタイングループの代表、ファム・バー・タインとの契約や、ウェルネスとの業務委託《ぎょうむいたく》契約書の締結《ていけつ》準備のため、梶谷も奔走《ほんそう》していた。

人心地《ひとごこち》つけたのは高柳の結婚式当日のみだが、その日もレオンの結婚発言ゆえに、梶谷はすっかり混乱させられた。だから、あの日プライベートで誰とどんな会話をしたか、はっきり記憶していない。

とにかく、当時の記憶はともかく、高柳がアメリカに、それもニューヨークにいるのは紛《まぎ》れもない事実だ。

「ティエンも一緒に？」

『一応。自由の女神、行ったことないと言うので。女神のカチューシャ被《かぶ》せて一緒に写真撮ったので、後で見てください』

後ろでティエンらしき声が「余計なことを言うな」と怒っているが、梶谷には自由の女神もティエンもどうでもよかった。

「……ということは、忙しいよな、君」

もしかしたら、高柳が一人先にアメリカに来ているのかと期待したが、ティエンが一緒だと知って声が沈《しず》む。

『空いてるけど……』

ところが、予想とは異なる返答に、梶谷は咄嗟《とっさ》に訴えていた。

「頼む。手を貸してくれ！」

地獄《じごく》に仏《ほとけ》。

今の状況が決して地獄というわけではない。だが、基本、何事も計画に基づき進めたい梶谷にとってみれば、先が見えない状況にあるのは地獄に等しかった。

4

「こんにちはー」

両手に大きな袋を手に、大きな声で挨拶をする来訪者の高柳を前にして、カアプは逃げるように梶谷の後ろに隠れてしまう。その様子に気づいていても、高柳は全く気にしていない。

デニムにパーカーというラフな格好をしていると、どこかの大学の留学生だと言っても十分通用しそうだ。

「梶谷さんのマンション、レトロでいい感じですね。前はもっと、モダンなホテルみたいな、ぶち抜きの部屋に住んでいませんでしたか？」

「よく覚えているな。去年越したばかりだ」

ちなみに高柳は、前の部屋に来たことはない。

「ですよね！　梶谷さんがこういう趣味なら、色々教えてもらいたいです。ベトナムのマンション、リノベーションの真っ最中なんです」

到着早々、高柳は口を休めることなく喋りながら、案内したキッチンのテーブルの上に大きな袋を置いて中身を取り出していく。

「こっち、今日の夕飯。砂糖も買ってきました。ピザとサラダとチキン。久しぶりにアメリカ来たらジャンクフード食べたくなっちゃった。こっちはレトルトと冷凍食品。冷凍庫と冷蔵庫空《あ》いてますよね。これだけあれば、一週間ぐらいは食べるのに困りません」

「……そう、か」

「あと、洋服……ティエン、何してるの。こっち持ってきて」

高柳の勢いに押されたのか、ティエンは玄関を上がってすぐの場所で立ち尽《つ》くしていた。そのティエンを高柳は手招きする。

高柳と同じく、シャツにデニムというラフな格好のティエンは、無表情のままテーブルの上に紙袋を二つ置いた。

「一体、何着あるんだ」

梶谷は確かに高柳に、カアプの服を買って来てほしいと頼んだ。だが一体何着買ってきたのか。

「何着かな。あ、ちなみに下はオムツ。梶谷さんがちゃんとした身長教えてくれないから、とりあえず適当に選んだんだけど」

紙袋の中から長袖《ながそで》のシャツを取り出すと、それを手にしてカアプの元へ躊躇なく進む。

「カアプ。こんにちは。僕は高柳智明。たかやなぎでも、ともあきでも、好きなように呼ん

CUB

で」

「……こんにちは」

カアプは梶谷の後ろに隠れようとしながらも、高柳からは完全に逃げない。

「ちょっと背中いいかな」

そんなカアプの腕を摑んで背中を向けさせ、高柳は持っていた服を押し当ててみる。

「うん、このサイズはいけるかな。ティエン、さっき買ったシャツ、一枚取って」

指示される通り、ティエンは買ったシャツを高柳に手渡す。

「これもいけるね。ズボンも大丈夫だ。カアプ」

高柳が名前を呼ぶと、カアプは振り返る。

「これ、全部カアプにあげる。良かったら着てくれるかな?」

カアプは視線で梶谷に訴えてくる。

「いいの?」

「カアプが欲しいなら、もらえばいい」

保護者代理の言葉にカアプは高柳に向き直る。

「……ありがとう」

「うわ、すごい。カアプって会話が成立する」

高柳は驚きの声を上げる。

「フェイがあんまり話さないから、二歳児ってあんな感じかと思ってたけど」

「二歳児と言っても、それぞれだからな」

ティエンの指摘に高柳は肩を竦める。

「もちろん、それはわかってるよ。フェイはフェイだし、何考えてるか、よくわかってるし」

高柳の自信たっぷりの発言に、梶谷は僅《わず》かに視線を落とす。

「と、とりあえずは食事の準備しようか。話はそのあとでいいよね。ね、カアプ。お腹空いてるでしょ？」

「はい」

カアプは力いっぱい応じた。


高柳が買ってきた料理で夕食となった。

最初のうちは、まだ人見知りしていたカアプだったが、屈託《くったく》のない高柳の笑顔に安心したのか、満腹になるまで食べ続けていた。

その後はファッションショータイムだ。着せ替え人形よろしく、高柳は持ってきた服をカアプに一通り着せて楽しんでいた。

カアプも最初のうちは楽しんでいたが、やがてねじが切れたようにうつらうつらし始めた。

「もう寝る？」

「まだ」

だが高柳が尋ねるたび、カアプは否定した。高柳に遊んでもらうのが余程《よほど》楽しかったのか、うんと言わなかった。だが抵抗虚《むな》しく、途中スイッチが切れたように眠ってしまった。

「フェイロンもよくこういう状態になるんだ」

高柳は心得たもので、着せ替えをさせているときに、パンツ型のオムツを穿かせてくれた上にパジャマを着させ、歯磨きも終わらせてくれていた。

「助かった」

当初、梶谷がベッドに運ぶつもりで試みたが、あまりのぎこちなさに高柳が途中で代わった。その慣れた様子に、梶谷が密《ひそ》かに落ち込んでいた事実に、ティエンがフォローするように肩を叩《たた》いてくれた。

「頼れるときは頼っておけばいい」

ティエンの言葉に、素直に従うことにした。

「寝かせてきたよ」

高柳はすぐにリビングに戻ってきた。

「ありがとう。起きなかったか？」

「全然。ぐっすりだった。あ、ここからは大人の時間？」

高柳がカアプを寝かしつけてくれている間に、リビングのローテーブルに食後酒の準備をしておいた。

ブランデーと、つまみのチョコレートとチーズ、ハムを皿に盛っただけだ。だがブランデーの銘柄《めいがら》を見て、高柳は歓喜《かんき》した。

「わー、なんかすごいのがある」

「レオンがどこからか仕入れてきたものだ」

三人掛けのソファに高柳とティエン。ローテーブルを挟んだシングルソファに座った梶谷は、高柳の熱い視線を浴びながらブランデーを開栓《かいせん》する。グラスに注ぐだけで芳香《ほうこう》が広がった。

「すごい、いい香り。ラッキー。でもレオンさんがいないときに開けて、怒られたりしませんか？」

「いないほうが悪い」

もちろんレオンのことだ。知ったところで怒ったりはしない。

「そういえば、マリッジライセンスは取得できたのか?」

「もちろん。ささっと終わらせました」

グラスにブランデーを注ぎ終えてから梶谷が尋ねると、高柳は即答《そくとう》する。食事の前にポロシャツと綿《めん》パンツに着替えた梶谷は、ゆっくり息を吐いた。

「改めて、おめでとう」

ベトナムでの挙式《きょしき》に参列しているため、今さら感は否めないものの、晴れて二人は家族になったのだ。

「ありがとうございます!」

梶谷が翳《かざ》したグラスに、高柳は嬉《うれ》しそうにグラスをぶつけてきた。ティエンは頭の横にグラスを掲《かか》げる。

「美味しい~!」

両足を抱え込むようにソファに座っていた高柳は、一口含むごとに感嘆《かんたん》の声を上げる。

「そんなに喜んでもらえると酒も嬉しいだろうな」

「それよりも、レオンとは連絡がついたのか」

ほぼ発言のなかったティエンの冷静な問いに、梶谷は表情を強張《こわば》らせる。

「え。それってどういうこと?」

高柳が真顔になる。

「レオンの子かどうか、確定《かくてい》していないということだろう？」

「そうなの？　カアプって名前だし、なんか顔も似てるし、やけに梶谷さんに懐《なつ》いてたから、もうてっきりレオンさんの子どもだと決めつけてた。電話でもそんな話してなかったし」

高柳はあっけらかんとしたものだが、彼の言葉が梶谷の胸にぐさりと突き刺さってくる。

「智明。お前は考えなしに発言するな」

梶谷の表情に気づいただろうティエンが、高柳の額《ひたい》を指で弾《はじ》く。

「痛い……っ。そうやってすぐ暴力《ぼうりょく》に訴えるの反対」

「言葉の暴力はいいのか？」

「え……あっ」

ティエンに改めて尋ねられ、高柳はようやく己が考えなしの発言をした事実に気づいたらしい。

「ごめんなさい、梶谷さん。あの、他意はなくて……」

「いや、謝られる話じゃない。私が説明をしていなかったのが悪いんだ」

だから梶谷は改めて今日の出来事を話す。

「イザベラ・マーロウとレオンさん、接点あるんですか」

「客だ」

「客？」

「彼女の腿の薔薇はレオンの作品だ」

「え？　ああ、そういえばそうかも」

高柳は自身も、レオンから龍《りゅう》を太腿に描かれているにもかかわらず、実に反応が薄い。

「そっか……梶谷さん、ショックでしたよね」

ようやく事情を理解した高柳は頭を下げてくる。

「ごめんなさい。なんか、勝手にレオンさんと梶谷さんの子どもだと思い込んでました。そんなわけないのに」

そう。そんなわけはない。

「えっと……レオンさんと梶谷さんは、三年前はもう出会ってますよね」

「……ああ」

「えと、レオンさんのことだから、精子《せいし》保存とかしてて、とか」

「その可能性もあると思っている」

レオンの子だと言われたときから、梶谷はありとあらゆる可能性を考えた。

「今回はともかく、この先もレオンの立場を考えれば、同じようなことは起こり得ると思っている」

「……それは、後継者《こうけいしゃ》争い的なこと？」

高柳の問いには、あえて否定も肯定もしない。

梶谷の中でも漠然《ばくぜん》と、もやもやしたものがあるだけで、明確ではない。

「君らだって色々あるんじゃないのか？」

「俺のところは、フェイが生まれたことで収まった。当時はあくまで表向きだったが」

「当時は、か」

「フェイロン、色々凄《すご》いからなあ」

高柳が不意に遠い目をする。梶谷も「色々凄い話」を多少は聞かされているが、そこはあえて突っ込まないほうがいいのだろうと解釈《かいしゃく》する。

「レオンさん、兄弟いないんですか？」

「多分」

「いたとしても存在消されてるんじゃないか」

「怖っ」

梶谷が反応する前に高柳が声を上げたために、曖昧に笑うことしかできなくなってしまう。

それを見て、再び高柳はティエンから額に罰《ばつ》を食らうことになる。

「……痛い。暴力反対」

相当なダメージがあるのだろう。高柳は涙目《なみだめ》だ。

「それで、カアプのことどうするんですか」

話が本題に戻ってくる。

「まずはレオンに連絡がつくまでは面倒を見る……つもりだ」

最初は強気な口調だったが、高柳にじっと見つめられて声が小さくなってしまう。

「すぐに連絡がつくのか？」

「……多分、数日のうちには」

「根拠《こんきょ》は」

用があるため、先にベトナムを発ったレオンは、いつアメリカに戻ってくるかは明確にしていない。だが。

「……プロポーズをされた」

「な……」

「プロポーズされたんですか！　レオンさんから」

半ばソファに埋もれていた高柳は、身を乗り出してきた。

「そっか。レオンさん、とうとう！」

「とうとう？」

「なんでもない。こっちの話。で？　僕らみたいに結婚申請書を取得するんですか、ここで」

「いや」

梶谷は首を振る。

「まだ返事はしていない」

「なんで」

立ち上がった高柳は、梶谷の前まで擦《す》り寄ってきた。

「ちょっ……」

「なんで返事してないんですか。まさか断るつもりなんですか」

梶谷の膝《ひざ》に手を置き、下から見上げてくる。

その身なりから年齢不詳《ねんれいふしょう》ながら、実は高柳はかなり綺麗な顔をしている。そう見えないのは表情が豊かでコロコロ変わり、美醜《びしゅう》よりも笑顔が印象に残るからだろう。

だが真剣な表情を改めて見ると、その端整《たんせい》さに驚かされる。おまけに口元の黒子《ほくろ》のせいで、妖艶《ようえん》さすら感じられる。

梶谷にとって高柳は、大学の後輩《こうはい》で会社の同僚でもあった。レオンやティエンとの関係がなければ、それ以上にもそれ以下にもならなかっただろう。二人してヨシュアに対し思うところがあっても、ウェルネスから出ることもなかったに違いない。

だが不思議な縁《えん》で、今は二人ともウェルネスを出て、アジアの裏社会に関わる男を情人に持つ者同士として、わかり合える特別な存在となった。

だからといって、ほぼ同時期に、結婚という言葉に直面することになるのは予想外だった。

「レオンさんのこと、嫌いなんですか？」

「そんなこと言っていない」

「だったら、プロポーズ受けますよね？」

「……それは」

「なんで即答しないんですか。受けるって」

「君に責められる筋合《すじあ》いはない」

「……っ、そんなこと言うんですか。梶谷さんのヘルプに、すっ飛んできた僕に対して」

高柳は頬を膨《ふく》らませた。

「それは……感謝している。だがプロポーズを受けるか否かは、私の意思で決めるべきことだ」

梶谷は膝にある高柳の手をそっと退《ど》ける。その左手の薬指には、ティエンの薬指に嵌っているものと同じ指輪がある。

「君たち二人の間に葛藤《かっとう》がなかったとは思わない。周囲にはわからずとも、様々な困難を乗り越えて、今の状況があるのだろう。だがそれは私たちも同じだ」

梶谷は自分の左手の薬指を眺める。

レオンがベトナムで自分の指に嵌めた指輪は、今はカフスや時計とともに保管している。

「梶谷さん……」

「智明。お前、飲みすぎだ」

何も言えなくなっている高柳を、背後からティエンが抱き起こす。

「ティエン……僕は」

「お前の言いたいことはわかる。だが梶谷が正しい。少なくとも梶谷がお前にアドバイスを求めていない以上、でしゃばるな」

ティエンの指摘に、高柳はあからさまに消沈《しょうちん》していく。

「高柳。君の気持ちには感謝している」

だがティエンの言う通りだった。

続けた梶谷の言葉で高柳は泣きそうな表情になる。そしてそのまま、ティエンと二人で帰ることになった。

「カアプのこと、ありがとう。君さえ良ければ、何かあったときには頼《たよ》らせてほしい」

梶谷の言葉に高柳は無言で頷く。

「レオンには俺からも連絡をしてみる」

「申し訳ない。ありがとう」

二人が帰る時間になっても、レオンに送ったメールに返信はなく、当然、電話もかかってきていない。

「こんな状態なのに、あの男は一体どこで何をやっているんだ……っ」

玄関の扉が完全に閉まってから、梶谷はレオンへの恨《うら》みを口にする。

以前は会えない時間が当たり前だった。レオンが自分とは異なる世界に住んでいることを理解していたから、心配しすぎないように心がけていた。

一度心配し始めたら止まらなくなるのがわかっている。居ても立っても居られなくなり、仕事も手につかなくなる。

だから、あえて、距離を置いた。それができた頃は楽だったと今は思う。

レオンとの距離がなくなり、アメリカに互いがいるときは、一緒の部屋で暮らすようになったことで、梶谷の不安は増してしまった。

心の距離が近づくことはつまり、レオンがどんな世界に身を置いているか、知識としてでなく現実として認識するようになった。結果、彼がいつ何時、何者かに命を狙われてもおかしくない世界にいることを知ってしまった。

それでもあえて、平気なふりを続けているのは、レオンは何があっても大丈夫だと信じているからだ。その、大丈夫だと思っているレオンから、不意にプロポーズされたことで、梶谷の根底が揺らぐ。

レオンに会ったら、首根っこを捕《つか》まえて、どういうつもりなのかと最初に吐かせたい。スマホを開き、既読《きどく》にならないレオン宛てのメッセージを眺める。

「……ったい、どういうつもりなんだ」

リビングに戻らず、寝室の扉を開けた瞬間、レオンの香りが溢れてくる。

このマンションに移ってから、レオンは用意した自室はほぼ利用せず、リビングと梶谷の部屋兼《けん》、寝室で過ごしていた。ちなみに梶谷の部屋が寝室を兼ねたのは、単純に広さの都合だ。梶谷はレオンの部屋でも構わなかったのだが、自宅で仕事をすることが多いのは梶谷だからと、広いほうを譲《ゆず》られた。

だが、ベッドを広い部屋に設置した結果、レオンは梶谷が仕事をしているときも、ベッドでごろごろ過ごしていた。

『君の部屋があるのに、どうして君は私の部屋にいる？』

梶谷が問えば、レオンはにやにや笑いながら必ずこう返してくる。

『邪魔なら出ていく』

そんな風に言われたら邪魔だとは言えない。梶谷が本当に邪魔に思うようなときには、レオンは家にすらいない。微妙《びみょう》な空気を読むレオンは、梶谷の機嫌《きげん》を取るのも上手い。同時に怒らせるのも得意だった。

とはいえ、喧嘩《けんか》にはならない。梶谷が怒ってもレオンは変わらない。仲直りする方法は当たり前のようにセックスだった。

『いつもセックスで誤魔化《ごまか》せると思うな』

『そうは言っても、実際は誤魔化されてるだろう?』

レオンは笑う。

『英令が怒るのは、欲求不満のときだ』

人をまるで淫乱《いんらん》みたいに言うなと怒っても、レオンはどこ吹く風だ。

『素直に抱いてくれと甘えれば、俺だって拒《こば》まないんだがな』

『誰がいつ抱いてくれと……んんっ』

梶谷が抗議《こうぎ》しようとしても深いキスをされ、激しく舌を絡められ、気づけばレオンに体を開かされている。

『英令』

そんなことを思い出していたら、部屋やベッドに染み込んだレオンの匂いのせいで、梶谷の体が疼いてくる。

「……っ」

小さく舌打ちしつつも、酒の酔いもあって、体の熱は治まりそうにない。

「レオン……」

最近、レオンと抱き合ったのはベトナムのあのときだ。実際は、さほど前の話ではないはずなのに、色々なことがありすぎたせいで、遥《はる》か前のことに思えてしまう。

そのぐらい、梶谷の体はレオンに飢《う》えている。

「なんでこんな……」

内腿が小刻みに震え、足の間の性器に熱が集まっていくのがわかる。梶谷は穿いていたパンツの前を大きく開き、寝転がったまま脱いでいく。

自分の手を肌に添わせると、それだけで肌が粟立《あわだ》った。

（くそ……なんでこんな……っ）

レオンが不在のとき、自慰《じい》をしないわけではない。だが今日はいつもと違う。レオンを思い出しながら自分で自分を慰める行為に、どうしようもない屈辱感《くつじょくかん》が芽生えてしまう。

レオンに彫られた蝶が、快楽で羽ばたくことができずに、もがいているようにも感じられる。

少しずつ硬さを増す自身に触れ、溢れ出てくる蜜《みつ》を指で掬《すく》い、それを後ろに塗《ぬ》る。

まったく触れていなくても、条件反射のように疼いてくる後ろの窄まりは、己の指でも吸いつこうと収縮している。

「ん……あ……っ」

その中心にぐっと指を押し当てると、性器がびくっと震えた。

『お前、ここ、好きだな』

鼓膜を揺らすレオンの声が、体の内側から梶谷を刺激する。

レオンはしばしば、指や舌だけで後ろを煽ってきた。入口の細かな皺を丹念《たんねん》に嘗め上げ、むず痒《がゆ》さに疼き出すのを待って、中に指を入れてきた。

熱くなった内壁を指と爪《つめ》で刺激する。

梶谷よりも梶谷の体を知り尽くした男の技に、抵抗できるわけもない。体の芯《しん》から熱せられ、ドロドロに蕩《とろ》ける。

レオン自身の圧倒的な熱や硬さとは異なるもどかしい感覚に、途中からどれだけ梶谷が腰を揺らし、挿《い》れてほしいとねだっても、その願いが叶《かな》えられることはない。

『これだけでも、悦《よ》くしてやる』

勃ち上がった性器に触れられることもなく、ひたすらにレオンは己の指だけで梶谷を煽る。

そのレオンの指の動きを思い出し、梶谷は己の指で内壁を刺激する。指の腹を吸いつくしそうな蠕動《ぜんどう》に、内腿が痙攣《けいれん》してしまう。

「レオン……っ」

いつもなら、獅子に煽られ舞い踊る梶谷の体の蝶が、今日は飛び立てないでいた。シーツの上で膝を立てては伸ばし、伸ばしては立てる。指の先を丸め、懸命に堪えても堪え切れない。

『お前は俺のものだ』

大きな手が、梶谷の肌を弄《まさぐ》る。

『俺もお前のものだ』

そう。梶谷はレオンのもので、レオンは梶谷のもの。それはもうわかっている。永遠に変わるものではない。

それなのに、どうして今、改めて「結婚」などという言葉を口にするのか。形のあるものを求めようとするのか。

指輪などなくても、絆がある。そう思っていたのは梶谷だけだったのか。

確認しようとも、当人がいなければそれすらできない。

「レオン……っ」

一気に駆《か》け上った快楽が、頂上でパッと弾け散る。

目の前が真っ白になった次の瞬間、上ったときと同じだけ一気に堕《お》ちていく――。

解き放たれた欲望が梶谷の腹を濡らし、シーツへ染み渡る。汚れた己の指を眺め、梶谷は大きく息を吐き出した。

5

レオンはマメな男だ。同時に面倒見《めんどう》もいい。

梶谷《かじや》は一緒に過ごすようになって、料理ができることも知った。手先の器用さを考えれば当然なのかもしれない。

レオンに言わせれば、梶谷が何もしなさすぎるらしいが、初めて朝食を作ってもらったときには、あまりの意外性に驚《おどろ》かされた。

『一人暮らしが長いからな』

レオンはそう笑うが、彼の生《お》い立《た》ちを考えて言葉を失う。梶谷の様子に気づくと、レオンは苦笑する。

『あんたがそんな顔をする必要はない』

言われずともわかっている。

だが気にしないではいられない。

『当時のことがなければ、俺はあんたに会えなかった。それを思えば俺のこれまでの人生、何ひとつ無意味なことはない。あんただってそうだろう』

梶谷も過去に、決して忘れられない傷がある。未《いま》だに思い出すだけで胸の奥が疼《うず》き痛み出す。忘れられないし、忘れてはならないとも思っている。どんな「過去」も「現在」に繫《つな》がる要素となる。過去を乗り越えたからこそ「今」がある。

そう思えるようになったのは、レオンのおかげだった。

レオンという人間が、梶谷を梶谷たらしめてくれている。

素直ではなく、物事を斜《なな》めからしか見られない梶谷をそのまま受け入れ、自分でも知らなかった部分を見出《みいだ》してくれた。レオンの前でなら素《す》の自分を曝《さら》け出せる。

レオンがいるから自分がいる。

そんなレオンが、今になって突然、理解不能の行動に出た。

プロポーズには驚かされたが、高柳たちに煽《あお》られたのかもしれないと理解できる。

だが、子どもは一体どういうことなのか。

試されているのか。それとも、他の意図があるのか。レオン自身、予想していなかったのか。

——レオン……どういうつもりだ！


「カジャ」

目を見開いた瞬間、視界を覆《おお》う子どもの顔。梶谷は心臓が止まるかと思った。

「……あ」

「おなかすいた」

自分の上に跨《また》がって、顔を覗《のぞ》き込むカアプの言葉で、一気に意識が覚醒《かくせい》する。

（そうだ……昨日……）

レオンの子だと言うカアプを自宅に連れて来たこと。高柳とティエンが来たこと。

そして寝室で、自慰《じい》をしてしまったこと。

そのまま寝入らずにいた己《おのれ》を褒《ほ》めたい。下手《へた》をしたら、カアプに露出《ろしゅつ》した下半身を見られるところだった。

「カジャ」

「悪い。今、起きる」

梶谷はカアプを抱えて起き上がると、そのままバスルームへ向かう。

「そういえば君、トイレは大丈夫か？」

慌《あわ》ててオムツを確認するが濡《ぬ》れていなかった。

「トイレする」

カアプは自分から訴《うった》えて、便座に座る姿を見て、小さくても「人間」なのだと実感する。用を足し終えるのを待って一緒に風呂に入る。

「一緒に風呂に入ろう」

梶谷が誘《さそ》うと、カアプは「はい」と素直に応じた。

温度を低めに設定したシャワーで背中を流していく。気持ちがいいのか、カアプはキャキャと甲高《かんだか》い声を上げながら、シャワーを楽しんでいる。

「気持ちいいのか？」

「はい！」

小さな子にとっては、風呂も遊びの一つなのかもしれない。

泡《あわ》いっぱいのタオルで体を洗っていると、浮かび上がる泡に大喜びする。

「じっとしていないと泡が目に入る」

キャキャ、と声を上げるカアプを座らせて、なんとか髪を洗い終えた。

「カジャ、メメ、ない」

閉じていた目を開けたカアプが、梶谷の顔を不思議《ふしぎ》そうに眺《なが》める。

「ああ、眼鏡《めがね》か。風呂に入るから外《はず》したんだ」

ぼやける視界の中、間近に近づいてきたカアプの顔だけが鮮明《せんめい》だった。

幼いながらも、カアプの顔は整っていると思う。柔《やわ》らかい巻毛《まきげ》が可愛さを何倍にも増している。

「レオンも、子どもの頃は、こんな顔だったんだろうか……」

高柳《たかやなぎ》曰《いわ》く、フェイロンはティエンの子ではなく、彼の弟であるゲイリーの子どもだが、父親よりもティエンに似ているという。

仮定の話を考えてみる。

カアプが本当にレオンの子で、レオンがこの子を引き取ることにしたら、梶谷はどうすればいいのか。

レオンのことだ。梶谷が嫌だと言えば無理強《むりじ》いはしない。となれば同居は解消される。レオンはカアプと暮らすようになっても多忙《たぼう》さは変わらないだろう。

子どもを育てるため、人を雇《やと》うのか。

（いや、もしかしたら……）

梶谷の中に不意に浮かぶ胸さわぎ。

（イザベラと……復縁《ふくえん》の可能性はあるのか）

確か彼女は未婚《みこん》だ。あれだけ有名で魅力的《みりょくてき》な女性ながら、子どもを出産したという噂《うわさ》すら耳にしたことはない。

イザベラの手紙には、『李徳華《リードーホア》へ。貴方の子どもです。よろしくお願いします』と書かれているが、二人の関係について触れてはいない。

レオンの自分に対する言葉に嘘《うそ》はない。一緒にいると言った。プロポーズまでされた。

でもあの時点では、レオンはカアプの存在を知らなかった。

カアプのことを知ったレオンは、果たしてどうするのか。

答えの出ない考えが、梶谷の頭の中をぐるぐると回り続ける。

「カジャ」

動きを止めた梶谷の腕を、小さな手が引っ張る。出しっぱなしのシャワーの横で遊んでいたカアプが、不思議そうに梶谷を見上げている。

「すまない。出よう」

梶谷はシャワーコックを捻《ひね》り、タオルでカアプの濡れた体を拭《ぬぐ》う。だがカアプはじっとしていない。

「カジャ、ボクも」

タオルの隅《すみ》を摑《つか》んで自分もやりたいと訴えてくる。

「自分でやるのか？　できる？」

「できる」

不満気《ふまんげ》に頰《ほお》を膨《ふく》らませる。

「わかった。じゃあ、自分でやってみるといい」

梶谷がタオルを渡すと、カアプは満足したのか、その中にすっぽり包まり、うごうごと蠢《うごめ》いている。

(小さな子には、どんな物でもおもちゃになるのか)

カアプがタオルで遊んでいる間に、梶谷は自分の体を拭い、デニムに足を通してシャツを身に着けた。

髪は手櫛《てぐし》で整えるにとどめ、眼鏡を掛ける。その瞬間、明るくなる視界に安堵《あんど》し、改めて足元で暴《あば》れているタオルのお化けを捕《つか》まえる。

「カアプ。遊びは終わりだ。もう着替えよう」

「やだー。まだ遊ぶ」

「着替えたら外に行こう」

梶谷の言葉で、カアプはタオルの間から顔を覗《のぞ》かせる。

「外?」

「そう。散歩しよう。それから公園に行こう」

公園という単語にカアプの顔がぱっと明るくなる。

「遊ぶ?」

「そうだね。遊ぼう」

「わかった！」

タオルから抜け出したカアプは、高柳の用意してくれた洋服に着替える。淡《あわ》いピンク色の柔《やわ》らかい素材《そざい》のフード付きパーカーに、デニムのオーバーオールを合わせる。これがとても似合う。

「可愛い？」

「うん、可愛い」

高柳のセンスの良さに感動するのと同時に、己《おのれ》がすっかり親ばかのようになっている事実に気づく。

梶谷は子ども好きなわけではない。というより、とにかく周囲にずっと子どもがいない生活を送ってきたため、まず接し方がわからなかった。

今も正直、おっかなびっくりで探り探り状態だが、自分の言動に対して様々に反応する姿が興味深い。

何より、レオンの子かもしれないと思うと、不思議と愛しさも増す。

幼い子どもにレオンが重なるのだ。

レオンが同じ年齢のとき、こんな感じだったのだろうか。レオンだったら、どうしただろうか。想像するだけで楽しい。

靴《くつ》を履《は》くのを待って紐《ひも》を結んでやる。いざ家を出るべく扉《とびら》を開けようとしたとき、梶谷の上着を後ろからカアプが引っ張ってきた。

「どうした？」

振り返った梶谷の右の手に、小さな手がそっと添えられる。一本ずつ絡《から》みつく細い指の動きで、手を繋ごうとしているのだと理解する。

「……いいよ。手を繋ごう」

梶谷の発言に、カアプが満面《まんめん》の笑みを見せる。

しっかり手を繋いでエレベーターに乗り込み、エントランスの前でもしっかり手を繋いだまま、コンシェルジュの前を通る。

「おはようございます」

「梶谷さん……カアプもおはようございます」

「おはよーごじゃいます」

カアプの姿に目を細め、安堵したような表情を見せるコンシェルジュに対し、梶谷は改めて会釈《えしゃく》をした。

ちなみにレオンからは相変わらずなんの連絡もない。多忙《たぼう》なのだろうと思うものの、もしかしたら危険な目に遭《あ》っていないかと浮かぶ不安を、半ば無理やり胸の内に抑《おさ》え込む。

穏《おだ》やかな日差しの元、カアプと二人、梶谷のお気に入りの店で購入したサンドイッチを食べる。子どもが一緒だとわかると、食べやすいサイズに切り分けてくれた。

梶谷が手伝おうとすると、カアプは嫌だと首を振る。顔の半分ぐらいソースで汚《よご》しながら、サンドイッチを味わう姿を見ていれば、どれだけそのサンドイッチが美味《おい》しいかわかる。

「美味しい？」

確認すれば、言葉ではなく頷《うなず》きで答える。一つ食べ終えれば次を欲し、気づけば大人でも食べ切れるかどうかのサイズのサンドイッチを食べ切った。

「美味しかった」

満足そうに言われると梶谷も嬉《うれ》しくなる。

「良かった。後でお店の人にお礼を言いに行こう」

「はい！」

汚れた手を拭うと、カアプは芝生《しばふ》の上を飛ぶ蝶《ちょう》を追いかけて走り回る。梶谷はそんなカアプを、芝生に座って眺めることにする。

公園には、梶谷たち以外にも、子ども連れが大勢遊びに来ていた。怒ったり笑ったり忙しい子どもと、子どもにつられるように怒ったり笑ったりする大人たち。

(のどかだ)

彼らとて、常に笑顔でいるはずがない。それこそ怒ったり笑ったり泣いたりしながら日々を過ごしている。ただ大半の人々は、硝煙《しょうえん》や銃声《じゅうせい》とは無縁《むえん》の日々を過ごしている。

梶谷もそうだ。少なくともウェルネスで働いていた頃は、人間の裏の顔の悍《おぞ》ましさを疎《うと》ましく思ったり、腹黒さに苛立《いらだ》ちを覚えつつも、命の危険に怯《おび》えて過ごすことは、ほぼなかった。

梶谷の人生が大きく変わったのはレオンと会ってから。彼との出会いで、それまでの知人ですら、違う顔を見せるようになった。

カアプと一緒に過ごしてまだ二日目だ。梶谷が彼にしたことなど、数える程度しかない。にもかかわらず、そんな短い時間の中で、さらにこれまでの日々がひっくり返りそうな事態《じたい》が生じている。

「カジャ」

目の前に小さな雑草が出てくる。カアプが見つけてきたようだ。

「摘《つ》んできたのか」

「カジャにあげる」

「私に？」

花でもないその草を、なぜと思いつつも手のひらに乗せる。

「幸せがくるんだって、ママが言ってた」

「幸せ……」

カアプの言葉で気づく。ただの雑草ではなく、四葉のクローバーだ。

「たくさん見つけたのか？」

「ううん。それだけ」

「大切なものじゃないか。カアプのママにあげたほうがいい」

慌てて返そうとするものの、カアプは受け取らず、ぷいと顔を背《そむ》ける。

「カジャにあげる」

「カアプ」

「カジャ、ずっと、怖い顔してる。だから、これをあげる。幸せになれるよ」

カタコトながらカアプの想いはしっかり伝わってきた。

どこまで理解しているのかわからないが、母親に置き去りにされ、誰も知る人のいない場所にいるのに、大人の心配をしてくれる。

（……なんと情けないことか）

ウェルネス時代の梶谷は、契約交渉《けいやくこうしょう》において負け知らずだった。どれだけ不利な立場にあろうと、巧《たく》みな交渉術で最低でも五分五分の条件にまで持って行った。

冷静かつ冷酷《れいこく》。嘘に塗《ぬ》り固められた仮面《かめん》の下は、借金のカタに父親に売られた息子だ。

そしてレオンもまた、梶谷とは違う意味で、父親から縁を断ち切られている。

そんな梶谷を労《いた》わってくれるのは、おそらく父の顔をこれまで見ずに過ごしてきたカアプ。

不意に込み上げる感情を堪《こら》え、霞《かす》む視界を誤魔化《ごまか》すべく眼鏡の下の目元を拭う。

「カジャ？」

「……なんでもない。目に埃《ほこり》が入っただけだ」

「ほんとうに？」

「本当に……四葉のクローバー、ありがとう」

「うん」

カアプがくれた大切なクローバーをどうしたらいいかとしばし悩んでいると、上着の中でスマホが鳴動する。

「カジャ。でんわ」

もしかしたらレオンかもしれないと思い、梶谷ははっとする。

「ごめん。ちょっといいか？」

「はい」

カアプは笑顔で応じて、近くにいた犬連れの人の所へ走っていく。梶谷はその姿を眺めながらスマホを取り出した。

『ハリス』

強くなる動悸《どうき》を堪え、画面を確認する——が、表示された名前に落胆《らくたん》すると同時に安堵する。

(なんだ……)

急激に体から力が抜けるのを感じながら、梶谷は通話ボタンを押す。

「どうした?」

いまだ互いに休暇中《きゅうかちゅう》で、おまけに昨日、新しいオフィスで顔を合わせている。

『ついさっき書類が届いたので、一応連絡しておこうかと思ったんですけど』

そう言うハリスは、昨日に続き今日も事務所にいたということだ。

「送り主はウェルネス?」

『ええと……個人名です。ナオ・ユサと書かれていますが、ウェルネスのヨシュアさんの秘書《ひしょ》ですよね』

「そうだな」

ヨシュアなりに気を遣ったのかもしれないが、元ウェルネスの社員であるハリスには、遊佐《ゆさ》が何者かすぐにわかってしまう。

『封を開けて中を確認したほうがいいですか？』

小細工《こざいく》ではなく、ただ遊佐に任せたため、遊佐が自分の名前を記しただけかもしれないが、とにかく内容物が何かはわかった。

「封はそのままでいいんだが……」

『急ぎの書類なら直接持っていきましょうか』

「君、まだこの後、オフィスにいる予定か？」

『はい。今日、頑張れば自分の部屋は整いそうなので』

「それは頑張ったな」

昨日の様子では、まだ段ボールがいくつも積み上がった状態だった。そこからよく片づけたものだ。もちろん他人を感心してばかりはいられない。梶谷も休みを終えたらまず片づけから始まるのだ。

それはともかくとして、梶谷は腕時計で時間を確認する。まだランチには少し早い。

「昼過ぎにランチを持ってオフィスに行く」

『え、いいんですか？』

昨日の今日で、自分の分のランチも差し入れてもらえると思ったのだろう。ハリスの声が高くなる。

「誰が君の分まで買っていくと言った?」

あえてそう返すと、電話の向こうでハリスがぼやく声が聞こえてきた。

『えー、所長、意地悪《いじわる》言わないでください。オフィスが正式オープンしたら、馬車馬のように頑張って働きますから』

もちろん、ハリスも梶谷が冗談《じょうだん》で言っているのは理解しているだろう。

「わかってるよ。何か見繕《みつくろ》って買っていく。一時を回るかもしれないが、それまで我慢《がまん》できるか?」

『万《まん》が一《いち》、オフィスで空腹で倒れていたら、無理やり何か口に押し入れてください。そうしたら元気になります』

その発言で、本当にハリスが床に倒れている姿を想像してしまい、つい笑ってしまう。

「そんな事件現場みたいな場所に出くわしたくないから、できるだけ早く行く」

『冗談です。一時過ぎでも大丈夫です。よろしくお願いします』

通話を終えるタイミングを見計らって、梶谷が電話している間、大きな犬に遊んでもらっていたカアプが、梶谷のところまで戻ってくる。

「おはなしおわったの?」

「終わったよ。カアプはわんこに遊んでもらったんだね」

「はい」

「可愛かった？」

「はい！」

梶谷は、こちらを向いていた犬の飼い主に会釈をすると、向こうも軽く手を挙げてきた。

「カアプは何がしたい？　何か欲しい物ある？」

希望を聞いてみるが、すぐには浮かばないのか首を横に傾《かし》げた。

「んー」

「おもちゃ欲しくないか？　それかアニメの映画とか……本」

「えのほん」

そこに反応する。

「えのほん、ほしい。みたい」

「絵本、かな？」

「はい。えのほん」

そういえば、梶谷の家には当然ながら、高柳が持ってきてくれた荷物の中にも本はなかった。

確かここから駅へ向かう途中に大きめの本屋があった。そこでカアプの欲しい本を探してから、地下鉄でオフィスの最寄り駅まで行き、ランチを買うと時間的にもちょうど良さそうだ。四葉のクローバーは、オフィスで紙に挟《はさ》めばいいだろう。

カアプは本が相当好きなようで、書店の絵本売り場に行くと、初めて見るテンションで本を選んだ。

知ってる絵本を見つけると梶谷に訴えてくる。もちろん梶谷も知っている絵本もあったが、世の中にはこんなに絵本があるのかと驚くほど、カアプはたくさん読んでいた。

当初、購入するのは一冊のつもりでいた。まさかここまで絵本好きだと想像もしていなかったからだ。一冊あれば、時間を潰《つぶ》せていいかぐらいの気持ちだったが、カアプが店に入って三十分で選んだのは三冊だった。

それでも、選び抜いた三冊で、そこからさらに一冊にするのはもう無理そうだった。

「その三冊を買おう」

だから苦笑交じりに梶谷が言うが、カアプは「だめ」と拒《こば》んだ。

「だめって何が。読みたいんだろう？」

「はい」

「だったら、だめじゃなくてありがとう、でいい」

適当に選んだ三冊であれば、一冊に絞《しぼ》るように促《うなが》す。だがこの三冊はカアプが必死に選んだ中の三冊だ。

「カアプが選んだ絵本だけど、私も気になった。だから読み終えたら内容を教えてほしい」なので提案してみる。カアプだけでなく梶谷も「知りたい」から三冊買ってもいいよ、と。

それによってようやくカアプも納得したようだ。

「……はい！」

嬉しそうな返事に、梶谷も嬉しくなる。

一緒にレジへ向かい会計を済ませ、袋に入れてもらうと、カアプは自分で持ちたいと訴えてきた。

「重いよ」

それでもカアプは「大丈夫」と言うので任せることにした。

その後、地下鉄を乗り継いでオフィスのある駅まで向かう。乗り物を楽しむだろうかと思ったが、人の多さや轟音《ごうおん》が怖かったのか、本屋でのテンションとは違って、梶谷の手を摑んだまま周囲の様子を窺《うかが》っていた。

〈子どもは面白いな〉

ひとつひとつの反応が実に興味深い。

少しすると辺りを不思議そうに眺めるようになるが、慣れるまでには至らなかった。

ロックフェラーセンター駅に着くと、地下鉄を降り改札を抜け、今日のランチの店へ向かう。

「今日のランチは中華《ちゅうか》だよ」

「ちゅうか?」

「チャーハン、餃子《ギョウザ》、酢豚《すぶた》に麻婆豆腐《マーボードウフ》……」

「らーめん!」

「え?」

梶谷が言う前にカアプが先に言う。

「ラーメン、食べたいのか?」

「はい」

目をキラキラさせているが、今向かう中華総菜《ちゅうかそうざい》の店にはラーメンはない。

「ラーメンは今度にしよう。うちの近くに、美味しい日本のラーメン屋が出店しているんだ」

日本でも有名な店が出店してから、ラーメンはニューヨークでもブームになった。物価の関係なのか、日本ほど気軽に食べられる価格ではないが、それでも行列ができる店もあるのだから相当だと思う。

「カアプはラーメンが好きか？」

「はい！」

「よく食べるのか？」

「はい」

あのイザベラがラーメンを食べる姿はあまり想像できないが、ラーメン好きを公言しているハリウッド女優もいる。

ラーメンの話をしていたら、梶谷はさほどラーメン好きなわけではないものの、さすがに豚《とん》骨《こつ》スープが恋《こい》しくなった。

だが、一旦《いったん》頭を切り替えてランチを買うべく、アメリカ全土でいくつも出店している、中華総菜の店へ入り、ランチボックスを購入した。

本を選ぶときとは異なり、カアプはさほど時間をかけず、チャーハンと餃子と唐揚《からあ》げの入ったランチセットを選んだ。

梶谷は自分には中華丼《ちゅうかどん》、ハリスにはチンジャオロースの弁当を選ぶと、オフィスへ向かう。

エントランスで子ども用のセキュリティカードをもらい、エレベーターに乗り込む。そこで初めて、ハリスにカアプのことをなんと説明すべきか考える。

（一度会うだけなら適当に誤魔化せばいいが、そうじゃないかもしれないしな……）

しばし思案して「親戚《しんせき》の子」に辿《たど》り着いた。中《あた》らずと雖《いえど》も遠からず。この先カアプと一緒に暮らすことになったとして、ハリスと再会する縁があったとしても、説明するのに無理はない。

「ここは、私のオフィスだ」

エレベーターを降りて、右手に曲がった通路を、奥まで向かった壁《かべ》に記された表札を示す。

『KAJIYA　LAW　FIRM』

「おふぃす」

「ここで、仕事をしている」

ロックを解除《かいじょ》し中に入ると、最初に段ボールの山が迎《むか》えてくれる。

「まだ引っ越しの途中だから、気を付けて」

カアプは梶谷と一緒に中へ入るが、すぐに興味が出てきたらしい。

「見ていいの？」

「いいよ。でも荷物があるから気を付けて」

探検《たんけん》したいカアプに許可を出し、昨日と同じでオフィス内の休憩室《きゅうけいしつ》へ向かう。ブラインドの開けられた窓《まど》から臨《のぞ》むマンハッタンは、昨日と同じく見事だった。

そこで、カアプのくれたクローバーを手近にあった紙に挟《はさ》む。

改めてこのロケーションの良さを自画自賛《じがじさん》してから、食事の準備をする。ハリスはこの場所の片づけを進めてくれたようで、ポット、急須《きゅうす》もテーブルの上にセットされていた。

お茶の準備をしていると、笑う子どもの声とともに、ハリスの声が近づいてくる。

「梶谷さん、この可愛いお客さんはどこの誰ですか?」

「すっかり仲良しのようだな」

カアプを抱きかかえたハリスの姿に、梶谷は笑顔になる。相変わらず片づけのためにオフィスに来ているハリスは、デニムに長袖《ながそで》シャツというラフな格好をしている。

「ハリス。その子はカアプ。親戚の子だ。カアプ。彼はハリス」

「はりす」

「そう、初めまして、カアプ。よろしく」

「こんにちは」

自己紹介前に仲良しになっていた二人は、改めて挨拶《あいさつ》を交わす。そして隣《となり》同士に座ってランチを楽しむ。そこでラーメンの話になる。

「ああ、ラーメンですか。好きです」

ウェルネス時代は仕事の話以外してこなかった。だからハリスがラーメン好きなことも初めて知った。

「そうだったのか」

「ちょっと高いですが、それでも定期的に食べたくなります。酒の後に無性《むしょう》に食べたくなるんですが、カロリーの高さに怯《ひる》みます。日本人ってなんですか。豆腐や健康食をあれだけ作っておいて、カロリー過多のラーメンも作るなんて……」

「日本のサラリーマンみたいな発言だ」

梶谷はつい笑ってしまう。

「若いうちはいいが、気づくと腹が出ている己に驚かされる」

「ウェルネス時代に経験しました」

ハリスは苦笑する。

「あの頃、新しい店が毎月のようにオープンしていて通っていたんです。まあ、当然、財布は寂《さみ》しくなる代わりに腹は出ました」

ポンと腹を叩《たた》く様《さま》を見て、カアプが隣で真似《まね》をする。

「カアプもお腹出てるのか?」

高柳とは異なるものの、ハリスも子どもの扱《あつか》いに慣れている。梶谷と比べて、触り方に躊躇《ちゅうちょ》がない。だからなのか、初対面にもかかわらず、カアプもハリスに懐《なつ》いている。

「なんですか」

「子どもの扱いが上手いと思って」

「好きなんです、子ども」

カアプの面倒を甲斐甲斐《かいがい》しく見てくれる様子からも、子ども好きなことはわかる。

恋人と正式に結婚《けっこん》し、いつか子どもを一緒に育てたいと言っていた昨日の話も納得できる。

「……指輪、どうしたんですか？」

ハリスが目ざとく、昨日は嵌《はま》っていた指輪が今日はないことに気づく。

「ああ、うん。ちょっと」

「指輪って、慣れないと気になりますよね」

「そうだな」

「俺もいまだに気づくと指輪触っています」

梶谷も指輪を嵌められてしばらくは、気づくと自分で指輪に触れていた。

ハリスはあえて、外した理由を聞くことはない。

「あ、そうだ。書類。部屋に置いてきてしまったので持ってきます」

オフィスに寄った理由を思い出す。

「頼む」

ハリスは自室へ向かう。

「はりす？」

「すぐ戻ってくるよ……カアプ、お茶飲むか？」

「いらない」

サンドイッチをたくさん食べたからか、ランチのチャーハンは半分以上残していた。一応、梶谷の中華丼を勧《すす》めているが、いらないとのことだった。

「夕飯どうしようか」

自分一人なら、適当にある物を食べるか、それこそ食べないで済ませても問題ない。だが育ち盛りの子どもはそうはいかない。高柳がたくさん持ってきてくれた惣菜で済ませるかと思案していると、ハリスが戻ってくる。

「すみません、梶谷さん。お待たせしました……難しい顔をしてどうしたんですか？」

梶谷の表情を見てハリスが心配してくれる。

「今日の夕飯の献立《こんだて》をね……」

真顔で応じると腹を抱えて笑われる。

「仕事のことでも考えているのかと思ったじゃないですか……子どもは麺《めん》が好きなことが多いですから、パスタにすればいいですよ」

「パスタ」

袋に入れられた封筒《ふうとう》を受け取る。

「ミートソース、ナポリタン」

「ナポリタン、好き」

カアプがすぐに反応する。

「ミートソースは?」

「好き!　ハンバーグも好き」

「ハンバーグの入ったスパゲティは?」

「好き」

元気いっぱいの返答に、今夜の献立が決まる。

「助かった……帰宅するまで、ずっと悩まなければならないかと思って、げんなりしていたところだ」

「一週間分ぐらいの献立表作りましょうか?」

「本当か?」

椅子《いす》から立ち上がる勢いで確認したら、またハリスは爆笑《ばくしょう》をする。

「まさか、英令《ひではる》さんのこんな一面を見ることになるとは思ってもいませんでした」

「私にとっては一大事だ」

大人相手の交渉事なら、ある程度の思考は読めても、子ども相手はまったく無理だ。

「本当に困ったときは電話ください。梶谷さんのところにある食材で献立考えますから」

「本気にするからな」

さらなる言葉も、ハリスの笑いのツボを突いたようだった。

「片づけは進んだか？」

「え、ええ、まあ。パソコンのセッティングしていたら、先にそちらに時間を取られてしまって……」

「オフィス再開前に、業者に一括《いっかつ》でセッティングしてもらう話をしてなかったか？」

「そうでしたっけ……忘れてました。急ぎ、確認したいファイルがあったので。自宅で作業をしてたので……」

「それならいいが」

なんとなく歯切れの悪さを感じつつも、梶谷はそれ以上、追及《ついきゅう》せずに話を終わらせる。カアプが頻繁《ひんぱん》に欠伸《あくび》を繰り返していたからだ。

「帰りも地下鉄に乗るつもりでいたが、タクシーで帰ったほうが良さそうだ」

片づけをしているうちに、うつらうつらし始める。

「子どもって、突然スイッチ切れますからね」

いまだ二歳。誰もかれも、こんな時期を経《へ》ているのだと思うが、当時の記憶などほぼない。

「下まで一緒に行きましょうか？」

「エレベーターで降りればすぐだから大丈夫だ。それより、献立の件、本気にするからな」

カアプが買った絵本を、封筒を入れた袋と合わせて持ち、ハリスはエレベーターホールまで見送ってくれる。

「いいですよ。それじゃ、気を付けて。カアプ、またね」

梶谷の腕の中で、カアプは既《すで》に夢の中だった。右手の親指をしゃぶった状態で、すやすや寝息を立てている。

レオンの子どもということを抜きにして、大人よりも柔らかく、温かい生き物の存在が、梶谷の中で大きくなっていた。

6

タクシーを降りると、ドアマンがすぐに梶谷に気づいて、カアプを抱えてくれる。

「梶谷さん、あの……」

何かを言いかけるドアマンから、支払いを終えた梶谷はカアプを受け取って抱え直す。

「悪い。エレベーターのボタンを押してくれるか」

ロビーのドアを開けるドアマンに伝えると、「もちろんです」と返してくれる。

「梶谷さん、お帰りなさい。あの……」

二人に気づいて何か話しかけようとするコンシェルジュに、梶谷はかろうじて動かせる手で口の前に指を立てる。

せっかく気持ちよく眠っているカアプを起こしたくない。

エレベーターに乗り込むとき、ドアマンに預けていたカアプの絵本を受け取り、鍵《かぎ》もすぐに開けられるように指で握《にぎ》った。

「梶谷さん、あの」

「ありがとう。話はまた後で」

何かを言おうとしているのはわかっていたが、今の梶谷にはそれを聞くだけの余裕がない。

とにかくカアプを寝かしつけて落ち着いたら、ドアマンとコンシェルジュと話をしに行こう。

おそらく、カアプのことなのだから。

それから、冷蔵庫の中を確認しなければならない。確か昨日、高柳が持ってきてくれた食材の中に、パスタもミートソースのレトルトもあったように思うが確信はなかった。

エレベーターを降り、部屋の鍵を開けようと差し込む。

「ん……」

「っと、起こしたか?」

カアプを抱え直して、なんとか扉を開けた瞬間――。

「よう」

廊下に立つレオンの姿に、梶谷はその場で動きを止める。

「え」

癖《くせ》のある肩過ぎまでの髪を、頭の後ろで一つに結び、無精髭《ぶしょうひげ》を浮かべた男は、鍛《きた》えられた体を誇示《こじ》するようなTシャツ姿に、穿《は》き古したデニムを合わせていた。

雄《おす》――。そう称するのが何より似合う男だ。

「化け物でも見たような顔してるな」

下がり気味《ぎみ》の目尻《めじり》をさらに下げて笑うと、強面《こわもて》の印象が一気に和《やわ》らぐ。穏《おだ》やかな笑顔を浮かべ、無精髭の生えた顎《あご》を擦《こす》りながら、玄関に立ち尽《つ》くす梶谷に向かってゆっくり歩みを進める。

梶谷はそんなレオンの一挙手一投足《いっきょしゅいっとうそく》を凝視《ぎょうし》する。とにかく、目が離せない。化け物を見るよりも、きっと今の梶谷は驚いている。驚きすぎて身動《みじろ》ぎひとつできない。

「ほら、重いだろう。こっち寄越せ。カアプだったか」

両手を差し出すレオンの口から、潜《ひそ》められた声で紡《つむ》がれる名前を聞いて、梶谷はようやく我に返る。

「な、んで、名前を」

「お前のメールに書いてあっただろうが。イザベラが置いていったんだろう?」

あっさり言い放たれて、梶谷は唖然《あぜん》とする。

開いた口が塞《ふさ》がらないとはこのことだ。一体レオンは何を言っているのか。自分の発言の意味がわかっているのか。

「それより、大きな声出すな。起こしたくないんだろう?」

その発言に、神経が逆撫《さかな》でされる。

「ふざけるな。何が、起こしたくないんだろう、だ。他人事《ひとごと》じゃないんだ」

「何を怒ってる?」

「怒る？　ああ、怒ってる。ものすごく怒っている。怒って当たり前だと思わないか」

頭で考えるより先に、レオンに対する怒りが溢《あふ》れ出てくる。カアプを抱えた手が震え、膝《ひざ》ががくがく震える。

昨日から、レオンに何通メールを送ったかわからない。何度電話したかもわからない。だがレオンからは返信も折り返しもなかった。

レオンのことだ。電話のできない状況にあるのだと諦《あきら》め、同時に身を案じてもいた。

それを一切スルーしておいて、どうして前触れもなく、今、当たり前のようにこの場にいるのか。

もちろん、レオンの家なのだから、帰ってくるのは当たり前だ。頭ではわかっているし、正直を言えば会えて、帰ってきてくれて嬉しいのだが、怒りが上回っている。

眠ったカアプが重たくて、今すぐにでも下ろしたい。さっきからずっと腕がプルプル震えている。だがレオンに渡すのが悔《くや》しい。平然とカアプの名前を口にして、受け入れようとするのがむかつく。

「英令。ほら、意地を張るな」

この声が良くない。

梶谷の心に染みる上に、耳に馴染《なじ》んでいる。

「……ありがとう」

カアプをレオンに渡すと物理的に軽くなるだけでなく、心まで軽くなる。無意識に、梶谷は色々と背負い込んでいた事実に気づかされる。

「フェイより軽いな」

「……フェイのほうが年上だから」

決してカアプが小さいわけではないと思う。梶谷の言葉に「そうか」とレオンは応じると、昨夜《ゆうべ》カアプが寝ていた部屋に連れていく。そしてベッドに寝かせる間、カアプが目を覚ますことはない。梶谷は上掛けをカアプの肩まで引き上げてやる。

寝息を立てるカアプの顔が、なんとも愛しい。

「すっかり親だな」

と、思った気持ちが、次の瞬間、怒りに変わる。レオンの胸倉を摑んだつもりが、その腕をレオンに摑まれ、ぐっと引き寄せられていた。

アッと思う間もなくレオンに抱き締められ、深いキスをされる。

「……っ」

強く吸われた舌に乱暴《らんぼう》に歯を立てられる。尖《とが》った犬歯が突き刺《さ》さり、鈍《にぶ》い痛みが全身に広がる。

「ん……ふっ」

どこかで煙草《たばこ》を吸っていたのだろう。口の中に残るヤニ臭《くさ》さに、濃厚《のうこう》なレオンの匂いが混ざる。強く舌を吸われるたび、梶谷の体の中の何かが、レオンに吸われてしまうような気がする。キスという行為が、性行為のひとつだと知ったのはレオンと交わすようになってからだ。同時に性行為が、食事に近しい行為だということも教えられた。

舌を食われる。唇《くちびる》を貪《むさぼ》られる。肌に吸いつかれる。乳首を齧《かじ》られる。性器を食《は》まれる。

梶谷のすべてがレオンに貪り尽くされる。

「ん、ん……っ」

レオンの腕の中で梶谷は必死に抗《あらが》うものの、抗った分だけレオンに羽交《はが》いじめにされる。

二人のすぐ横ではカアプが眠っている。身動ぎの音、唇を貪る音がするたび、カアプが目を覚ますのではないかと不安になる。体を弄《まさぐ》る手の動きに反応し、自分から腰をレオンに押しつけているにもかかわらず、梶谷の気持ちはそぞろだった。

だからレオンの手が股間《こかん》に伸びてきた段階で、梶谷はその手を阻《はば》む。

「なんだ」

「ここでは、嫌だ」

梶谷は拒む。

「カアプが目を覚ます」

「お前が声を出さなければいいだろう」

レオンの発言に梶谷は目を見開く。

「そんなの、無理に決まっている」

レオンは笑いながら、梶谷の左手を捕《と》らえる。そしてその手に指輪がないことに気づき、わざとそこに歯を立ててきた。眉《まゆ》を上げるレオンの視線の意味を理解するが、梶谷はそこで言い訳しない。

「英令」

「……隣に行こう。頼む」

代わりに、自分から折《お》れることにして、眼鏡を外し、カアプの眠るベッドのサイドテーブルに置いた。


リビングのソファで情事に至るのは、このマンションに引っ越してからは初めてだった。

前に住んでいたマンションもだが、リビングから寝室まではすぐで、移動する僅《わず》かな時間すら、我慢できないほど理性を失うことはなくなっていた。

もちろんいまだ互いを求める気持ちは強く、セックスする頻度《ひんど》が少なくなったわけではない。レオンは性欲旺盛《せいよくおうせい》で、そんなレオンに求められれば梶谷もすぐにその気になる。

レオンに開発された体は、レオンのための体になっている。体に描かれた蝶はレオンに注《そそ》がれる愛情で輝き、滴《したた》り落ちる蜜《みつ》で瑞々《みずみず》しくなる。

まったくの苦痛がないと言えば嘘《うそ》になる。激しく抱かれたあとには、立ちあがれないほど消耗《しょうもう》した。それでも抱かれているときの悦楽《えつらく》や至福を思うと我慢できない。

繰り返し口づけを交わし、溢れる唾液《だえき》を貪りながら、レオンのカリスマとしての指が、露《あら》わになった梶谷の胸を弄《いじ》る。

膨れ上がった突起を指の間で挟み、擦り上げる。

「……っ」

「足、閉じるな」

大きく開かされた梶谷の足の間に割り入って、収縮を繰り返す場所へレオンは己の親指を押し入れてくる。小さな襞《ひだ》のひとつひとつを捲《めく》り上げ、狭い場所を抉《えぐ》ってきた。

「あ……」

ずるりと内壁を擦る。そしてまた中へ進む。

「や……っ」

「いいのか、声を出して」

嘲笑《ちょうしょう》するようにレオンに指摘《してき》される。

「隣の部屋とはいえ、壁《かべ》一枚だ。大きな声を上げれば、カアプを起こすかもしれないな」

意地の悪い男だ。

声を殺そうとして梶谷が我慢すればするだけ、屈辱《くつじょく》に萌《も》えていくことをレオンは知っている。

「あんた、ホントにマゾだな」

ギリギリまで追い立てられ、追い詰められ、襲《おそ》い掛かる背徳感《はいとくかん》が、梶谷の欲情を駆《か》り立てる。

それを知っているからこその言葉だとわかっていても、梶谷は逆らえない。

「レオン……っ」

「……仕方ねえなあ。これでも銜《くわ》えるか？」

レオンは既《すで》に猛《たけ》った己を、デニムの前から導き出す。空いているほうの手で扱《しご》くことで、みるみる硬さを増すレオンの先端《せんたん》からは、とろりとした蜜が溢れ出している。

滴り落ちる雫《しずく》を見ているだけで、梶谷は無意識に喉《のど》を鳴らし、腰を収縮させる。その反応は当然、レオンの指に伝わる。

「そんなに欲しいのか。ベトナムでしてから、まだそんなに経《た》ってないのに」

喉の奥でくっと笑う。

「欲しい……」

梶谷はレオンの腰に、手だけでなく身を乗り出していく。

「ったく……しょうがねえな」

レオンは梶谷の後頭部に手を伸ばし、力任せに上から力を入れてきた。そのまま、勃《た》ち上がったレオン自身が頬へ触れてくる。

「眼鏡がねえから、このぐらい近くじゃないとよく見えないだろう？」

レオンはそのまま、まだ準備ができていない梶谷の口に己を押し当ててきた。

「ほら。食えよ。欲しいんだろう？」

勢いのまま、喉まで突き立てられる。

「……ぐっ」

えずきそうになる梶谷を無視して、レオンは自分主導で腰を突き上げてくる。

梶谷はなんとか距離を取ろうとするものの、しっかり首の後ろを捕らえられていて逃げられない。

「ほら。しっかり味わえ。舌を動かして」

「ん、ん……」

まるで下の孔の代わりにするかのように、レオンは自分勝手に梶谷の口を蹂躙《じゅうりん》する。頭も乱《らん》

暴《ぼう》に揺すられ、ただでさえ曖昧《あいまい》な視界がよりぼやけてくる。

生理的に涙を流しながら、自分がほぼ裸《はだか》なのに、レオンはデニムの前を開いただけの格好だと気づく。

これは、セックスではない。

ただ梶谷をいたぶっているだけだ。わかっているのに、激しいレオンの動きで嘔吐《おうと》しそうになっていても、口の中の欲望が確実に昂《たかぶ》っていく様を実感して、梶谷自身も感じてしまう。

触れられていなくても昂った梶谷は、小刻《こきざ》みな射精《しゃせい》を繰り返していた。

溢れた精液で濡れた場所は、細かく震えながら、レオンが来るのを待っている。

(こんなの、最低だ……)

最低なのに感じてしまう自分が情けないし、何より自分自身が最低だ。

「……くそっ」

レオンは低く唸《うな》ると、梶谷の口から己を引き出し、そのまま欲望を迸《ほとばし》らせる。

「……っ」

一瞬、何が起きたのかわからなかった梶谷の顔を、解き放たれたもので濡らす。

「なんで嫌がらねえんだ……」

大きく肩で呼吸するレオンは、汚れた梶谷の頬を乱暴に拭う。暴力をふるっているほうが、泣きそうな顔をしている。垂《た》れた目尻を見ていると、幼いカアプが重なってくる。

「このぐらい平気だ」

梶谷は顔にある手を振り払い、自ら足を開き、レオンを待つ場所を指で押し開いた。

「……ばかが」

レオンが吐き捨てるように言った台詞《せりふ》が、鼓膜《こまく》にこびりついた。


「梶谷さん……」

カアプを連れた梶谷の姿を目にして、高柳は小さな声で名前を呼んできた。

高柳とティエンも、以前はニューヨークに部屋を借りていた。だがアジアに拠点《きょてん》を移してからは、管理の煩雑《はんざつ》さから手放してしまっていた。今はニューヨークに滞在《たいざい》する際《さい》は、ホテルのレジデンスで過ごすようになっていた。

そのホテルに来てから初めて我に返った梶谷は、すっかり今は夜で、おまけに高柳には何も連絡せずに来ていた事実に気づいた。だから慌てて電話を掛けると、高柳は驚きながらも快《こころよ》く部屋へ招き入れてくれたのだ。

「とにかく、中に入ってください。ティエンは出かけてて、まだ帰ってきてないんですけど」

簡易《かんい》キッチンのついた広いリビングに案内され、梶谷はカアプとともにソファに座る。

「本当に連絡せずに押しかけて申し訳ない」

いまだ昂った気持ちが治まらない梶谷は、途切《とぎ》れがちになりながら、まずは謝罪《しゃざい》した。乾《かわ》ききっていない自分の前髪に気づかないふりをして、眼鏡のブリッジを押し上げる。

そんな梶谷の様子に異変を覚えていたのか、隣に座ったカアプは、ずっと唇を引き結んでいた。

レオンとの、半ば喧嘩《けんか》の延長のような行為の途中で、梶谷は気を失ったらしい。目覚めたときにはレオンの姿はなく、ソファに横たわっていた。かろうじてタオルを上掛け代わりにかけられ、汚れた顔は拭われていたものの、全身に染みついたレオンの匂いは取れていなかった。

それから急いでシャワーを浴びていたら、その音でカアプが起きてしまい、とりあえず夕飯代わりの蒸《む》しパンを食べさせていたときに、テーブルに放置していた封筒と、カアプの購入した絵本に気づいた。

同時に、カアプがくれた四葉のクローバーをオフィスに置いてきてしまったことに気づいたのだ。

『カジャ、ずっと、怖い顔してる。だから、これをあげる。幸せになれるよ』

カアプの心が込もった大切な四葉のクローバーを、忘れてくるようないい加減な人間だから、恋人からこんな目に遭《あ》わされるのだ。

梶谷の気持ちがさらに落ち込んだまま、高柳のところに押しかけてしまった。

「書類を……どうしても直接、渡したくて……」

「ありがとうございます」

高柳はカアプの隣に腰を下ろし、テーブルに置かれた封筒を受け取った。

「あの……大丈夫ですか?」

心配する言葉に、かえって申し訳ない気持ちが増してしまう。

「私は大丈夫だ……それよりも、書類を確かめてもらえるだろうか」

全然大丈夫じゃないだろうことは、火を見るよりも明らかだろう。だがこういうところで空気を読める高柳は、必要以上に突っ込んでは来ない。それでも、欲しいときに助けはくれる。

高柳が多くの人に愛されるのはそういうところだ。

自分とは違うと、改めて梶谷は痛感する。

「あ、はい」

梶谷が促すと、高柳は封筒を開けて中にある書類を取り出す。だがクリアファイルの中身を確認して眉間《みけん》に皺《しわ》を寄せる。

「どうした？」

「あの、これ……」

高柳は梶谷にファイルに入った書類を差し出してきた。受け取って中を見て小さく息を呑《の》む。

これは梶谷とヨシュアとの間で取り交わした覚え書きだ。

「すまない。確かに書類を受け取ったんだが……」

ハリスから連絡をもらって受け取ったものだ。

「その封筒を見せてくれるか」

「はい」

高柳から返された封筒に貼付《ちょうふ》された送付状《そうふじょう》には、ウェルネスの社名しか書かれていなかった。

あのときハリスは、確かに遊佐から届いたと言っていたのに。

「申し訳ない。手違いで違う書類を持ってきてしまったようだ」

梶谷は膝に手を置いて頭を下げる。梶谷にはあるまじきミスだ。

ハリスから渡されたとき、信じ切って封筒の中身を確認すらしなかった。カアプのことがあったにせよ、弁護士《べんごし》としてあり得ない。

「謝らないでください。本当ならこちらが受け取りに行くべきなのに、全部、梶谷さんにお任せしてしまって……」

「私は君の代理人なのだから、こき使ってくれて構わない」

高柳は当初、個人でヨシュアとやり取りをする予定だったのだが、その後、梶谷のアドバイスで会社を立ち上げた。その会社とウェルネス、そしてヨシュアと契約を締結《ていけつ》し直したのだ。

梶谷自身は、少し前にウェルネスとの顧問《こもん》契約を解消し、今は高柳の会社のアドバイザー的立場を担《にな》っていた。だから梶谷にとってこのミスは、絶対にあってはならないことだった。

それに。

「まだニューヨークには、しばらくいるので、いつでも……僕が梶谷さんの事務所へ行きます」

「いや」

梶谷を気遣う高柳の言葉を遮《さえぎ》って、自分の思いを告げる。

「少し気になることがあるから、すぐオフィスに戻って正しい契約書を取ってくる」

「何か、あるんですか?」

勘《かん》の良い高柳は、梶谷の様子に何かを感じたのだろう。

「そうだな……」

「こんな時間なのに……」

「ああ……」

深夜に近い時間だが、自分のオフィスだ。だが。

「わからない。でも……今日のうちに確かめたい」

「わかりました」

高柳は笑顔で応じる。

「梶谷さんがそう言うのであれば。僕も早く受け取れればありがたいです」

梶谷の我儘《わがまま》ではなく、高柳の「希望」で、今日、確かめる必要があるという理由をくれる。

「待っていてくれ。できるだけ早く戻ってくる。カアプ、一緒に……」

「こんな時間ですから、カアプは僕が預かってます」

梶谷がカアプに事情を説明しようとすると、高柳が先に申し出てくれる。

「でも、君にも予定があるだろう。オフィスに行くだけだから……」

「すぐに戻ってきてくれるんですよね？　だったら余計に、僕が預かっていても問題なくないですか？　それに二歳児はもう寝る時間です」

つい先ほどまで寝ていて、夕飯すら満足に食べさせていない。さらにここで連れ歩いたら、最低すぎる。

「もし、カアプが空腹なようなら、少し食べさせてくれるだろうか」

「もちろんです。実はティエンに内緒で、美味しいプリンを買ってあるんです。二つしかないので、カアプとこっそり食べます」

にっこり笑った高柳の発言が、何よりもありがたかった。

7

ホテルのエントランス前からタクシーに乗った梶谷は、すぐにスマホを取り出した。そして電話帳からハリスの名前を表示させる。

だがそこで通話ボタンを押すのを躊躇《ためら》う。

「……電話をしてどうするつもりだ?」

あえて梶谷は己に問いかける。

書類については、ただ間違えただけかもしれない。何しろ、引っ越しの途中で段ボールがあちこちに置かれている状態だからだ。

(でも書類は、ほとんどまだ出されていなかった)

パソコンはケーブルやセキュリティの設定があるため、個人では動かさないように最初に伝えていた。だがハリスはパソコンを設置していた。

今なら梶谷もパソコンを開けられる。セキュリティがないからだ。

(なんのために?)

ウェルネス時代、ハリスとは仕事の話しかほぼしていない。ゲイだと公言し、周囲の人と当たり前に付き合える彼が、梶谷には眩《まぶ》しかった。そんなハリスにゲイだと指摘されたときには、血が凍《こお》る思いをした。だが同じ境遇《きょうぐう》にある人と秘密を分かち合えたことで、ほんの少しだが気持ちが楽になった。

(本当に?)

ひとたび湧《わ》き上がった疑念《ぎねん》は、何度打ち消してもまた生まれてくる。

(大丈夫だ。ただの間違いだ)

この時間にハリスが事務所にいるわけがない。梶谷に連絡がないのは、きっと彼自身、間違えた事実に気づいていないからだ。テーブルに置きっぱなしになっていて、梶谷が指摘すれば驚くに違いない。

平謝りされたら、少し怒って注意する。反省している姿を確認して終わり。同じミスを繰り返したら問題だが、これは一回目。何しろハリスはまだ、梶谷の事務所の正式な弁護士ではないのだから。

ビルに着くとナイトセキュリティのいる出入口に回る。と、在室者の表示されるセキュリティ画面に2の文字が表れる。

つまり二人在室しているということ。

(ワッツマン夫妻かな)

ありえない願望だ。常識人のあの二人が、こんな時間にオフィスにいるわけがない。

休憩室に入ってすぐ、梶谷は探していた封筒を見つける。遊佐から送られて来た契約書だ。

ならば、一人はハリスだとして、もう一人は誰だ。

ほかのスタッフを呼んで、急ぎ片付けをしているのか。

(なぜ?)

急ぎの仕事があったから。

(まだ正式なスタッフではないのに?)

正式なスタッフではないからこそ、本格的に始動するまでに、準備をしておきたかったから。

(なんの?)

うちの事務所の仕事を理解したかったから。

そこで壁にぶち当たる。

(そんなわけがない)

仮にも弁護士だ。

正式なメンバーでない段階で、疑われるようなことをしてはならないことは、当然、理解しているはずだ。同時に弁護士だからこそ、抜け道も心得ている。

(誰かが情報を欲しているのか)

梶谷の。

この事務所の。

もしくはウェルネスやヨシュア。そして、レオンの。

ひやりと背筋が冷たくなる。

こういう展開になるのは、いつも高柳だ。彼は生まれながらの巻き込まれ体質で、梶谷もそのフォローを何度もしている。ヨシュアの件もそうだ。

もちろん高柳だけのせいでないことは重々承知《しょうち》している。というか、高柳はむしろ被害者《ひがいしゃ》で巻き添えを食っているにすぎない。

たまたま恋人が香港《ホンコン》の『龍』と呼ばれる存在で、次期の『龍』にも異常なほど愛されているだけのこと。

だが当人の意図とは関係なく、彼らを敵対視《てきたいし》する、もしくは取り込みたいと思う輩《やから》にとって、一般人である存在はターゲットになりやすい。

特に高柳は、ウェルネスという米国大手流通チェーンの重職にありながら、彼自身の言動や纏《まと》う空気感から、狙《ねら》いやすい存在と見られてしまうのだ。

だが、ろくに調べもせずに高柳を狙った場合、必ず手痛い目に遭う。確かに高柳自身は弱い存在かもしれないが、彼には鉄壁《てっぺき》の守りがある。高柳もそれがわかっているから、最近などはわざと自ら餌《えさ》となり、敵を一掃《いっそう》するようになっていた。

梶谷もある意味、高柳と似た立場にいるのは否定《ひてい》しない。ただ違うのは、今のところレオンが表立って敵を煽っていないことだろう。それから梶谷が、まがりなりにも弁護士という立場にあることも、高柳ほど安易《あんい》に手を出されることはなかった。

少なくとも、これまでは。

だがもしかしたら、梶谷の知らないところで、何かが動き出しているのかもしれない。

（そんなわけはない。でも）

ふと思いついただけだが、梶谷はその思いつきを否定できないでいる。

ハリスが元々ウェルネスの人間だったから余計に、理由がわからない。

エレベーターが停まり、扉が開くのを待って足を前に踏み出す。

オフィスの扉までの距離が、長くも短くも感じる。激しくなる動悸《どうき》を懸命《けんめい》に堪《こら》え、セキュリティで扉のロックを解除する。

本来なら非常灯だけが点いているはずにもかかわらず、通路の奥から明るい光が漏《も》れていた。

聞こえてくる物音。確かな人の気配。

（誰がいるんだ）

もしかしたらという思いが核心《かくしん》に変わる。

休憩室を抜けた、ハリスの部屋の奥――このオフィスの代表である梶谷の部屋だ。

（私の部屋で何を……）

できるだけ物音を立てないように近づき、扉に設けてある大きな窓から中を覗く。

漏れる光は照明ではなかった。ブラインドを全開にしたことで窓から差し込む摩天楼《まてんろう》のもたらす光の洪水《こうずい》だった。

その光を浴びながら蠢《うごめ》く影《かげ》が二つ。

その影の一つは、目元をネクタイで覆《おお》われ、ベルトで手を背中で拘束《こうそく》され、体には何ひとつ身に着けていなかった。

（ハリス……？）

予想していなかった光景に、梶谷は瞬間、言葉を失い思考が停止する。

体を半分に折り、デスクに頬を押しつけられ、後ろに突き出した腰には、背後に立つ男の猛《たけ》った生々《なまなま》しい欲望が突き立てられている。

「あ、あ、あ……っ」

「ここがいいのか」

短い髪を無理やり引っ張り、上げた顔を乱暴に後ろへ向かせて、半開きの唇の間に指を押し入れる。そこにある舌を乱暴に引っ張ることで、溢れる唾液がデスクを濡《ぬ》らしていく。

「や……っ」

「もっと腰を揺らせ」

言葉とともに、激しく尻を叩《たた》く音が室内に響《ひび》き渡る。思わず耳を塞ぎたくなる音に、貫《つらぬ》かれた男は感じるように背中を弓《ゆみ》なりに反《そ》らす。

「気持ちいいんだろう？　もっと奥まで突かれたいんだろう？　だったら、もっと俺を喜ばせろ」

罵倒《ばとう》し、続けざまに尻を叩き、目元を覆《おお》い頭の後ろで結ばれたネクタイを引っ張る。

「ん……っ」

紅《あか》く染まった唇の間から唾液を溢れさせながらも、口角が上がっている。この状態で笑っているのだ。

「もっと……」

零れ落ちるのは、さらなる行為を望む声。

「もっと……もっと、して。ぐちゃぐちゃにして。奥まで挿《い》れてっ」

叫びに等しい言葉。

「ったく、淫乱《いんらん》め」

「あああああっ」

一際《ひときわ》強い突き上げに、甲高《かんだか》い声が溢れ、大きく腰が揺れた直後、痙攣《けいれん》したような部分から、どろりとした液体が溢れ出してきた。それでも男の責めは終わらない。小刻みに腰を揺らし続け、脱力《だつりょく》する相手の性器に後ろから手を伸ばす。

「ほら。まだ終わりじゃないだろう?」

「あうっ」

おそらく、既に同じ行為が繰り返されているのだろう。

背後から貫かれた男の腿や足元は、どちらが放った物かはわからないが汚れている。醜悪《しゅうあく》以外の言葉しか見出《みいだ》せない光景に、梶谷は込み上げる怒りや困惑《こんわく》を押し殺すため、無意識に己の口を手で覆《おお》う。

いまだ堆《うずたか》く積まれた段ボールの間に、散乱するシャツとパンツは、昼間に会ったとき、ハリスが身に着けていたものだ。

鏡《かがみ》の役割を果たす夜の窓に、摩天楼とともにハリスを抱く男の顔も映し出されている。光の反射で見づらいものの、細面《ほそおもて》で鋭角的《えいかくてき》な顔の造作《ぞうさく》がはっきりわかった。

ハリスのことは全裸《ぜんら》にしておきながら、ネクタイとベルトを外しただけで、己はほぼ上質のスーツを乱していない。

梶谷にとってセックスは、体の繋がりだけでなく、心も繋げる行為だと思っている。だが今、梶谷の前で繰り広げられる行為は、梶谷の思うセックスではない。

もちろん性嗜好《せいしこう》は様々で、己の好みや主義を他人に押しつけられるものでないことはわかっている。

本来、情事は他人の目に触れない場所で行われるべきものだ。少なくとも梶谷は好んで他人の情事を見たいと思わない。見せたいと言われても全力で拒絶《きょぜつ》したい。

そんな梶谷だが、情事そのものではないが、それに近しい他人の行為を目撃《もくげき》したことがある。

レオンが客の体に、墨《すみ》を入れる光景だ。

相手に合わせた音楽を大音量でかけながら、レオンは相手の肌に、秘《ひ》められた本来の姿を描《えが》くのだ。

濃密《のうみつ》で淫靡《いんび》な空気に満たされた様子を見ていると、己が施術《せじゅつ》されていたときの感覚が全身に蘇《よみがえ》ってきた。

だが、あのときと今は違う。

少なくともここは、この先、梶谷がクライアントのため、己の仕事を全《まっと》うするための場所であり、無断で立ち入った輩に、情事で穢《けが》される場所ではない。

（よし……っ）

半開きの扉を叩くべく、梶谷は顔の高さに拳《こぶし》を上げた――が、その拳は背後から伸びてきた大きな手に捕らえられる。

「……っ」

反対側から伸びた手は、梶谷を抱えるようにして口を覆ってきた。鼻を掠《かす》める匂いと、梶谷の長身かつ大柄《おおがら》な体を包み込めるほどの体躯《たいく》が誰のものか、すぐにわかった。

「その辺りにしてもらおうか」

そして乱暴に扉を開くと同時に、威圧するように低い声を発した。

行為に夢中だった彼らは、ここがどこか忘れていたのだろう。突然の声にスーツの男の背中が大きく揺れ、繋げていた相手の体を突き放して振り返った。

無様《ぶざま》、という言葉以外に、彼らの様子を表現できないだろう。

前に一歩踏み出した男は、梶谷を守るかのように立ちはだかった。

「なんだ、お前たちは」

侵入者《しんにゅうしゃ》は、慌てて身繕《みづくろ》いをしながらも強い口調を向けてくる。突然の事態《じたい》を把握《はあく》できていないハリスは、目元を覆うネクタイをずらすことで、梶谷の姿に気づいたのだろう。驚きに目を見開いたのち、拘束を外し、手近にあった服を引き寄せて、慌てて着替えを試みる。

「自己紹介が必要か？　イツァーク・ホールディン、だったか」

顎《あご》を上げ、横柄《おうへい》な様子で応じた男の顔を改めて見て、イツァークと呼ばれた相手は動きを止めた。自分の前に立つ相手が何者かを認識したのだろう。見る見る表情が変わっていく。

絶妙《ぜつみょう》なタイミングで梶谷の元に現われた男は、派手《はで》な柄シャツにダメージのあるデニムを合わせ、手首や胸元にはシルバーの大ぶりのアクセサリーを身に着けていた。

癖《くせ》のある肩までの髪を頭の後ろで一つに結び、肩口から背中にかけて巨大な獅子《しし》の刺青《いれずみ》を背負う男の名前は、レオン・リー。本名を李徳華《リードーホア》という。

「なぜ、貴様がここに」

「なぜも何もないだろう。俺の素性《すじょう》は調べてるんだろう？　確か、上海《シャンハイ》中国金融グループの顧問弁護士だったよな？」

レオンの口から出た企業名を、梶谷も知っていた。レオンの所属する上海証券とともに、上海のみならず中国の財界を二分する巨大グループの名称だ。

要するに、レオンのライバル企業で、さらに政府寄りだと認識している。

「……っ」

「前からあんたらが、俺の周りでチョロチョロしてたのは気づいていた。だが俺からは何も情報が得られなかった。で、探る相手を変えることにした。違うか？」

レオンは答えを求めてはいない。

「お前らがいるこのオフィスの主が誰で、俺にとってどんな存在か。それを知ってるから、お前たちはここにいる。挙《あ》げ句《く》の果てに自分たちの欲望を発散させる場所に使うとは最低だな」

レオンは吐き捨てるように言うと、ようやく己の後ろに立つ梶谷の腕を摑んで、自分の前に来るよう促《うなが》してきた。

レオンの説明で梶谷にも事情が摑めた。

レオンから向けられる視線の気遣いに、梶谷は小さく笑う。

大丈夫と言うように、梶谷はレオンに対して頷いた。

「梶谷さん……」

「君が私の事務所に来たのは、私とレオンの関わりを知っていたからか」

梶谷は極力、感情を込めない淡々《たんたん》とした口調で、やっとのことでハリスに尋ねる。

「俺、は……」

「開業前から、君がオフィスに足しげく通っていたのは、李徳華に関する情報を盗《ぬす》むためか」

だが、何も得られなかったのだろう。ハリスは梶谷から視線を逸《そ》らす。

当たり前だ。

レオンと梶谷の間には、最初に会ったあのとき以来、仕事の関係は存在していない。梶谷の身を案じてか、もしくは単純に梶谷を使えないと思ったかはわからないが、ウェルネスを通した上でも、梶谷は上海とは距離を置いていたのだ。

「ついこの間、上海へ顔を出して、お前の後ろにいる奴らにちょっと灸《きゅう》を据《す》えてやった。ほどなく、俺には手を出すなってお達しが出るだろうな」

レオンの言葉で、梶谷ははっとする。おそらくレオンがベトナムからアメリカにすぐに移動しなかったのは、きっと上海に寄ったからだ。

となるとこの男は、一体いつから今回のことを予想していたのか。

「ち、くしょう。そこまで知られているのなら……」

苦々《にがにが》しげに唸《うな》ったイツァークは、ジャケットの胸元に手をやった。そこに忍《しの》ばせていたナイフを手にすると、そのまま梶谷に向かって飛びかかってくる。

だが、如何《いかん》せん素人《しろうと》だ。

レオンはもちろん、素人相手に傷ひとつつけられることはない。レオンの手刀にあっさりナイフを落とされ、腕を摑まれてそのまま上に捻《ひね》り上げられた。

あっと思う間もなく、床に体を押しつけられる。

「李徳華。覚えていろ。上海はお前だけのものじゃない」

「何を言ってるんだ。そんなの、あんたに言われずとも当然の話じゃねえか」

レオンは呆《あき》れたように返す。

「お前が具体的に、誰に何を言われてこいつを探っていたかは知らない。だがな、俺に何をしようと仕方ないが、こいつを巻き込むことは許さねえ」

レオンはそう言うや否や、手近にあった空《から》の段ボールを蹴飛《けと》ばした。勢い余って壁にぶつかり鈍《にぶ》い音を上げた瞬間、ハリスとイツァークは瞬間的に肩を竦めた。

直後、その場に崩《くず》れ落ちたハリスは泣き出した。

「ごめんなさい」と、何度も何度も繰り返し謝罪《しゃざい》の言葉を口にしながら。

8

「以前から、台頭《たいとう》する系列グループが動いていた。だがここ最近、直接、俺を引きずり下ろそうとしているらしい動きがあった。その首謀者《しゅぼうしゃ》に当たりがついたと、ベトナムにいたときに連絡があったんで、上海に一度戻ってきた。奴らの話を聞いたのはそのときだ。

イツァークとハリスの処遇《しょぐう》は、梶谷に任された。しかし即断《そくだん》は避《さ》けた。とにかくオフィスから出るまでは確認したが、以降どこへ向かったかは知らない。

梶谷とレオンもまた、事務所を出て即《そく》、足元をふらつかせる梶谷を抱えるようにして、レオンはタクシーに乗り込んだ。そして向かった先は二人のマンションではなく、ＳＯＨＯにあるレオンのアトリエだった。

何度か梶谷も訪れている。レオンの頭の中のような場所に入って、ようやく梶谷は息ができるような気がした。

ここへ移動するまでに、梶谷のスマホにはハリスからメールが届いていた。

厳格《げんかく》なカトリックに生まれたため、幼い頃からゲイである自分を隠し続けていたこと。

イツァークとはウェルネス時代に出会ったこと。密《ひそ》かに彼に恋《こ》い焦《こ》がれていたものの、その想いを逆手に取られてしまったこと。奴隷《どれい》のような関係であっても、イツァークに抱かれる悦《よろこ》びを知ってしまったこと。脅《おど》されていることを言い訳に、欲望を発散できる事実に浸《ひた》っていたこと。

イツァークを愛していること。その愛は執着《しゅうちゃく》だったこと。彼のためなら、なんでもできてしまうこと。それによって、梶谷を裏切ったことを謝罪する言葉の綴《つづ》られたメールを、梶谷は無言で削除《さくじょ》した。

気つけ代わりの、紙コップに注いだブランデーをレオンは梶谷に差し出してきた。一口飲むと、冷え切っていた体が内側から温まってくる。

「まあ、これまでのらりくらりと躱《かわ》してきた色々に、立ち向かわねばならない状況《じょうきょう》になってきたってことだ」

レオンは無造作《むぞうさ》に乱れた髪をかき上げる。

「具体的には……?」

「上海に戻るかどうか、も含めて、色々だ」

レオンは額《ひたい》に手をやった。

「それは私にも関係があるのか」

「あるっちゃある。ないっちゃない」

「なんだ、それは」

「要するに俺次第ってことだ。今まで通りでやっていけるなら、お前には影響《えいきょう》はない。でもな、上海にどうしても戻らねえとならないってなると、少々事情は変わってくる。たとえば今回みたいに、俺が理由でお前が狙われる可能性が出てくる」

「ああ、そういうことか」

全身に染み渡るアルコールのおかげで、梶谷は我に返ることができる。

「それで君は、突然に結婚なんて口にしたのか。てっきり、高柳たちに煽られて、ノリで言い出したのかと思っていたんだが」

苦笑交じりに指摘すると、レオンは顎を擦った。

「高柳たちに当てられたってのは否定しない。でも、前から考えてはいた」

「私との結婚を？」

「具体的に結婚をと思っていたわけじゃねえが、将来のことをな」

「将来」

まさかレオンの口から、そんな言葉が出てくるとは予想もしていなかった。

そう。レオンからのプロポーズで何を驚いたかと言えば、およそこの男に似合わない単語だったからだ。

自由を愛し、何もかもを思うまま生きるレオンと、結婚という形式が似合わなすぎたのだ。

梶谷は大きく息を吐き出した。

「ちょっと安心した。上海のことが出て来たら、君のことだから、私との関係を終わらせる方法を考えるかもしれないと、少しだけ不安だったから」

「俺とお前の関係は、もう切ろうと思っても切れるもんじゃねえだろう?」

レオンはボトルに口をつけて、そのままブランデーを飲む。照れ隠しのように無造作に手の甲《こう》で口を拭う様の雄々しさに、梶谷の胸の奥が熱くなる。

「レオン」

「なんだ」

「指輪よりも欲しいものがある」

手にしていた紙コップをテーブルに置いて、梶谷はゆっくり立ち上がる。そして着ていた物を脱ぎ捨てる。

「英令」

「私の体に、牡丹《ぼたん》を描いてくれないか」

「……牡丹、か」

「獅子の安息の地なんだろう、牡丹の下は。君が私とこの先も一生添い遂《と》げるつもりがあるのなら、その証《あかし》を刻《きざ》んで欲しい。そしてその光景を映像に残してほしい」

すべてを曝《さら》け出して、レオンの前に立つ。

梶谷の体は、すべてレオンのものだ。

レオンがいらないと言っても、梶谷はレオンに捧《ささ》げている。

ハリスと同じく、レオンと梶谷の間の感情も、愛情だけでないことはわかっている。だがあえて梶谷は、この関係を執着ではなく絆《きずな》と名づけたい。

「お前は俺を調子に乗らせる天才だな」

レオンは何度も顎を擦りながら、照れた様子を見せる。

「お前みたいな人間に惚《ほ》れられていると思うと、それだけで俺って人間が大層《たいそう》な存在に思えてくる」

「君は大層な人間だ」

梶谷をここまで魅了《みりょう》するのだから。

レオンは両手で梶谷を抱き締め、全身を貪《むさぼ》ってくる。肌を吸われ体中を熱い舌であますところなく嘗《な》められる。

レオンの手が、舌が、梶谷の肌に触れてくる。体の芯《しん》から溶《と》けてしまいそうな心地《ここち》よい温もりが、全身に染み渡ってくる。

繰り返し、レオンと抱き合っているが、同じ行為は一度たりともない。

気持ちも体も心も体調も違う。

梶谷も、レオンも、その一瞬一瞬を味わい、堪能《たんのう》している。

最初の行為は、互いに探り合っていた。だが今も探り合っている。

何をしたら気持ちいいか、気持ちいいと思ってくれるか、二人で気持ちよくなれるか。

心も体も満たされて、さらなる快楽を求める。どれだけ体の奥深くにレオンの存在を感じても、もっと深い場所まで来てほしいと願う。

梶谷の切なる願いを叶《かな》えるがごとく、レオンはたっぷり梶谷の肌を愛撫《あいぶ》する。胸を弄り、下《か》肢《し》を扱き、何度か射精させる。そして梶谷の体が内側と外側、両方で温まったところで、満を持して皮膚《ひふ》に針《はり》を突き立てる。

「あ……っ」

この行為は何度繰り返されても慣れるものではない。

カリスマと称される男は、指の動きですら芸術なのだ。背中に描かれるため、梶谷は直接見られない。だから撮影を頼んだ。

どんな風に針が皮膚を貫くのか。

どのように、絵柄が肌に浮かび上がってくるのか。

「マゾだよな、マジで」

梶谷を揶揄《やゆ》しながらも、レオンはその願いを拒《こば》まなかった。

二人の姿がよく見える場所にカメラをセットし、長撮りをする。当然、墨を入れる前、梶谷がレオンに抱かれる濃厚《のうこう》な様も録画されてしまう。だがそこは、ぐっと我慢することにした。

ただ、レオンの手元が見られないのは残念だ。

「そんなに挿《い》れられてるところが見たいなら、お前の胸元に彫《ほ》ってやろうか?」

レオンは髪をスカーフで後ろにまとめながら、梶谷の胸を弄ってくる。

執拗《しつよう》にレオンに齧《かじ》られた場所は、元々の色よりも赤く彩《いろど》られ、敏感《びんかん》になっていた。

「牡丹をここに配置する。そしていつか、牡丹の向かい側に獅子を描く」

レオンは牡丹を指の腹で描く。実際は苛烈《かれつ》な痛みを伴う行為だが、今はただ快楽だけが生まれる。

「んっ」

「想像するだけでそそるだろう?」

梶谷の反応を見てレオンはニヤリと笑う。梶谷の尻に己の昂りを突き立て、咆哮《ほうこう》を上げていたときと変わらない濃厚な艶《つや》を放っている。隆起《りゅうき》した胸や肩、それから肩口には、梶谷が立てた爪《つめ》の痕《あと》が、赤い線として浮かび上がっている。

「だが、こっちはまたの楽しみだ。今はこっちだな」

レオンは胸元から脇《わき》を辿り、腰骨を撫でてから双丘の上に移動する。右臀部で舞う蝶が羽根《はね》を休める位置に、牡丹がその姿を見せる。

「花の王《おう》と言われる牡丹は、百花《ひゃっか》の王とも称される。百獣《ひゃくじゅう》の王と称される獅子を背負った俺と、あんたの牡丹と蝶。これ以上、似合った絵柄はない」

レオンは上機嫌《じょうきげん》で、梶谷の肌を撫でながらイメージを膨らませていく。

細かな花びらは、散々《さんざん》、抉られ弄られた窄《すぼ》まりの近くにまで描かれるらしい。

「花開花落二十日、一城之人皆若狂」

唐代《とうだい》の詩人《しじん》、白楽天《はくらくてん》こと白居易《はくきょい》の詠《よ》んだ歌だ。

「お前の体に描く牡丹は、二十日どころじゃなく一生咲《さ》き乱れる。そして俺は一生、お前に狂《くる》い続けるってことだ」

情熱的な言葉とともに、レオンの手にした針が梶谷の皮膚を突き刺してくる。

「……っ」

一針。

細胞の単位でレオンに蹂躙《じゅうりん》される。

また一針。

レオンに針を刺《さ》されるたび、梶谷は細胞から自分が生まれ変わるような感覚を覚えた。

そして何度生まれ変わっても、レオンと出会いたいと思う。出会うだけでなく、愛し合いたい。

心だけ結びつくのではなく、体まで結びつき、深いところで繋がりたい。

「綺麗《きれい》だな」

レオンは吐息交じりに言葉を紡ぐ。

「お前の肌は、どれだけ俺が抱こうと変わることはない。常に俺の想像力をかきたて、欲望を煽ってくる」

針を押し当てた場所のすぐ横にレオンは唇を押しつける。別の熱さに、梶谷は思わず腰を弾《はず》ませてしまう。だがその程度でレオンの手が止まることはない。

「レオン……」

「なんだ」

「愛してる」

梶谷の告白に、レオンは「俺もだ」と当たり前のように応じる。

「お前は俺のものだ。お前にとっては不本意かもしれないが、これはもう決まったことだ」

「そうか……」

自分はレオンのものか。

梶谷はレオンの言葉を頭の中で繰り返す。

二人して、同じことを思っていた。

梶谷の想いは独り《ひと》よがりではなく、レオンの想いも独りよがりではなかった。

互いを深く思い合うことで、絆が生まれる。確かな契り《ちぎ》を感じて、梶谷は静かに意識を飛ばした。

エピローグ

梶谷は今回のことは表沙汰《おもてざた》にしないつもりでいた。しかしハリスは、梶谷の事務所への入所を辞退《じたい》した。イツァークのことはレオンに任せているが、彼が梶谷たちの前に再び姿を見せることはないだろう。

ちなみにオフィスには、プロの清掃《せいそう》業者を入れた。

翌日昼、高柳からの連絡で、カアプを迎えに行くべく、梶谷はレオンと二人でホテルのラウンジへ向かう。

場所が場所だけに、いつものラフな格好で出かけそうになるレオンに、梶谷は無理やりジャケットを羽織《はお》らせた。

「別に何を着てたっていいだろう?」

「駄目《だめ》だ。一緒に生きていくのだから、私のテリトリーにおいてはTPOは守ってもらう」

「じゃあ、俺のテリトリーのときは、お前は俺の流儀《りゅうぎ》に従うってことだな?」

「あ、ああ」

頷いてから、早まったかもしれないと思うものの、先のことは考えても仕方がない。

だが、これから子どもを育てていく以上、やはりカアプの見本になれる存在でありたい。

「引っ越しをしたほうがいいんだろうか」

「なんで。お前、あの家、気に入ってるんだろう?」

「そうだが、部屋が足りないかもしれない」

カアプが寝ていた部屋は、元々レオンの部屋だ。今は使っていなくても、この先、個室が必要になるかもしれない。それを考えたらもう一部屋必要だ。

「そんときは、そんとき考えりゃいい」

レオンはあっさりしたものだが、カアプの家具を買い揃《そろ》えていく中で、感じるものがあるかもしれない。

移動する間も、待ち合わせ場所のラウンジに着いてからも、梶谷はカアプのために必要なあれこれをスマホにメモしていく。そんな梶谷の姿を、レオンは何も言わずに眺めている。

ちなみにカアプが暇《ひま》なとき用にと、購入した絵本を三冊とも持ってきている。

丸一日、会えずにいたけれど、大丈夫だろうか。高柳に電話したときは、寝ているという話だったが、起きているときも遊んでもらって満足していたらしい。

高柳に感謝しつつ、少し寂しくもある。

指定された時間近くになって、周辺がざわつくのを感じた。

なんだろうかと顔を上げて、目の前に佇《たたず》む、ゴージャスと言う形容以外に思いつかない雰《ふん》囲気《いき》を纏《まと》った、ブルネットの豊かな巻き毛の女性に言葉を失った。

（イザベラ・マーロウ……）

「久しぶりだな」

レオンはそんな彼女を見ても顔色ひとつ変えない。梶谷は二人が揃《そろ》う姿に小さく息を呑む。改めて考えるまでもなく、二人の関係、それからカアプのことを確認していなかったのだ。

「本当よ。元気だった？」

「ああ」

イザベラはスタッフに指示し、コーヒーを頼み、ソファに腰を下ろす。

「それで、無事に仕事は終わったのか」

「ええ。おかげ様で。本当にありがとう」

イザベラは一つ一つの仕種《しぐさ》が流麗《りゅうれい》で、匂い立つ艶を溢れさせている。当然のように組んだ足の間に、レオンの描いた薔薇《ばら》が表れる。

「それで、一緒にいる人、紹介してくれないの？」

イザベラの視線に、梶谷はぐっと腹に力を入れる。

「梶谷英令。弁護士です」

「イザベラ・マーロウよ。弁護士さんなら、これから色々お世話になりたいわ」

意味ありげな言葉に心臓が高鳴る。

「あの、カアプの……」

「カアプのこと、知ってるの？」

イザベラは驚きの声を上げる。

「お前が余計なメモを残すから、こっちは別れの危機だ」

「別れ？」

眉《まゆ》を上げてから、イザベラは二人の左手の薬指に嵌められた指輪に気づく。

「ああ、そういうこと。それはごめんなさいね」

可愛らしく謝ってくるが、本心からとは到底《とうてい》思えない。

「何がごめん、だ。貴方《あなた》の子だとか、適当なことを言いやがって」

「適当な、こと？」

梶谷はレオンの言葉に引っかかりを覚え、繰り返した。

「だって、レオン、子どもにはタトゥー入れてくれないって意地悪《いじわる》言うじゃない。だから、そうとでも言えば、諦めて考えてくれるかなって思ったの」

「え」

「性質《たち》悪すぎだ。預けられた二歳児に墨《すみ》なんて入れたら、児童虐待《じどうぎゃくたい》で捕まるぞ」

「そんなことないわよ。母親が頼んでるんだから」

二人の間で小気味《こきみ》よく交わされる会話の意味が、梶谷には理解できない。

「あの……」

「英令に感謝しろよ。カアプの面倒を見たのはこいつだから」

「どういうこと？　貴方に頼んだのに」

「日付、伝えずに、頼んだも何もねえだろう」

レオンの指摘で初めて「え？」とイザベラが慌てた様子を見せる。

「私、伝えたわよね。この日からメキシコに行くって」

「大体この辺りに行くから、正確に日付が決まったら改めて連絡すると言ってた」

胸の前で腕組みをしたレオンが、どや顔で断言する。イザベラはあわあわしながら、自分のスマホを綺麗にネイルの施《ほどこ》された爪を使って確認する。

「……え、と」

どうやらレオンの指摘が正しかったらしい。イザベラはそれまでの女王様っぷりはどこへやら、肩を竦めて上目遣いを見せてきた。

「あの、梶谷、さん……」

「はい」

「ごめんなさい」

勢いよく頭を下げてくるが、まったく意味がわからない。混乱しているものの、冷静さを取り戻してくる。

「謝られても意味がわかりません。どういう話なのか、最初から話してくれませんか」

「もちろん……」

「そうだそうだ。ちゃんと英令に説明しろ」

「他人事じゃない。レオン、君もだ」

「俺もか？」

突然に矛先《ほこさき》を向けられ、レオンは慌てた様子で梶谷に向き直る。

「当然だ。君がイザベラさんから受けた話だったんだろう？　となれば君も共犯《きょうはん》だ」

「まじか……」

「ざまあないわね。いい気味よ」

「元はと言えばお前が……」

「二人とも、です」

言い合いを始めそうな二人を、梶谷は冷ややかな声で遮《さえぎ》る。有無を言わさぬ強い口調に、レオンのみならず、イザベラも小さくなる。

話はこうだった。

イザベラはこれまでシングルマザーながら、口の堅《かた》い友人やベビーシッターの協力を得てきたが、急遽《きゅうきょ》メキシコでの仕事が入る予定になってしまった。そのため子どもを預ける目途《めど》が立たず、事情を知るレオンにヘルプを求めたのである。

元々、顧客のイザベラのことは、レオンはよく知っていた。イザベラはレオンの腕に惚れ込んでいて、愛する己の息子にも、自分と同じ薔薇を入れてほしいと望んでいた。

だが、当然それはレオンの主義に反する。カアプが自らの意思で望めばともかく、今は無理だと断っている中、実際に可愛いカアプを知れば、気持ちが変わるかもしれないという打算があったという。

とにかくそういう事情だったのだが、イザベラが具体的な日付をレオンに伝えていなかったことと、レオンに悪戯心《いたずらごころ》を見せたことが、今回の混乱を招《まね》いてしまった。

「ごめんなさい。それから、本当にありがとうございます」

「俺も悪かった」

深々と頭を下げられる。

「事情はわかったんですが……」

肝心《かんじん》なカアプの父親の話に触れられていない。

「カアプの父親は……」

「ママ！」

しかし梶谷の言葉を甲高い声が遮る。その声にイザベラが反応して立ち上がる。彼女の視線の先には、高柳とティエンに連れられたカアプの姿があった。

「カアプ」

イザベラはその場に立ち上がり、なんの躊躇もなく両手を大きく広げて、走ってくるカアプを抱き止める。

「ママ。ママ」

「カアプ。元気にしてた？　いい子だった？」

「うん。いい子にしてた」

カアプの顔は泣き出すどころか、満面《まんめん》の笑みを見せている。梶谷は母子の姿を呆然《ぼうぜん》と見つめる。

「カアプの父親は、俺の遠縁らしい」

「らしいって……」

「俺はよく知らねえんだ。イザベラが妊娠《にんしん》したときには、事故《じこ》であの世に行ってた」

「……どういうことだ」

「どういうこともなにも、たまたま俺の顧客の恋人が、俺の遠縁だった。それ以上でもそれ以下の話でもない」

レオンは梶谷の肩を自分のほうに引き寄せる。

「俺の子じゃねえって話」

「……つまり、私は彼と一緒に暮らせない、ということか」

「そうだな。イザベラ」

レオンに名前を呼ばれ、イザベラはカアプを抱えたまま椅子に座り直す。

「カアプ。梶谷さんにお礼は？」

「カジャ。ありがとう」

ぺこりと頭を下げられて、つられて梶谷は頭を下げる。

「……あの……」

「もうこの子の存在を隠すのはやめることにしたの。子役としてデビューさせる。これからはずっと一緒にいられるわ」

イザベラの言葉にカアプは嬉しそうに「はい」と応じる。

「本当にありがとう。梶谷さんには何度お礼を言っても足りないぐらいだわ。すぐにでもお礼をしたいのだけど、今日はごめんなさい。この後、記者会見があって……」

「お礼なんていりません」

「でも」

「カアプにたくさん、幸せをもらったので。こちらこそ、可愛いカアプと一緒に過ごせて嬉しかったです。ありがとう」

梶谷の言葉の意味などわからないだろう。だがイザベラは艶《あで》やかに笑う。

「素敵な人ね、梶谷さん。レオンには勿体《もったい》ないわ」

「私もそう思います」

梶谷が肯定すると、隣でレオンが肩を竦める。

「まあ、いいわ。改めてお礼させてもらいます」

立ちあがるイザベラとともに、カアプも椅子を下りる。

「カジャ、バイバイ」

手を振るカアプに手を振り返そうとして、梶谷は手元にあった袋を思い出す。

「あのっ」

慌てて立ちあがってイザベラを呼び止めると、彼女の元へ走り寄る。

「なあに?」

「これ、持っていってください。カアプが欲しがった絵本です」

「絵本?」

「カアプが自分で選びました。本、好きみたいです。そうだよね、カアプ」

梶谷が尋ねると、カアプは「はい」と頷く。

「それは知らなかったわ。カアプ、今度ママと一緒に読みましょう」

「うん、読む」

絵本を手にしたカアプと、改めて別れる。

「カアプ、またね」

サヨナラは言わない。また、いつか会いたいから。

「ああ……これ、契約書だ」

そっと寄り添ってきた高柳に、梶谷は渡しそびれていた書類の入った封筒を渡す。受け取った高柳は肩を竦める。

「梶谷さんって強いね」

呟《つぶや》く高柳の目が、梶谷の左手の薬指に向けられる。そこに嵌った指輪を見て、その視線がレオンの指へ向けられるのを確認する。

そして改めて梶谷へ向き直る高柳に、梶谷が笑顔で答えようとしたとき。

「当たり前だ。俺の男だからな」

自分の代わりにレオンが答えた。その頰を梶谷は軽く叩く。

「間違えるな。君が私の男だ」

あとがき

久しぶりに梶谷《かじや》とレオンの話となりました。

高柳《たかやなぎ》とティエンの結婚を経て二人の関係がどう転がっていくか、私自身すごく興味がありました。実際どういう展開になるかは本文をお読みくださいませ！

またちょっとだけ、上海がきな臭くなってきましたが、果たしてこの先どうなるでしょう？


今回も、奈良千春《ならちはる》様には、素晴らしいイラストを描いていただきました。刺青のデザインの繊細かつ美麗さに、ただただため息が出ます。

担当様には今回もご迷惑をおかけしてしまい申し訳ございませんでした。

最後になりましたが、この本をお手に取ってくださいました皆様へ。

久しぶりの梶谷とレオンの話をお楽しみいただけましたら嬉しいです。

またお会いできますように。

令和四年　猫との生活を始めました　ふゆの仁子拝

Lovers Label

獅子の契り

ラヴァーズ文庫をお買い上げいただき
ありがとうございます。
この作品を読んでのご意見・ご感想を
お聞かせください。
あて先は下記の通りです。

〒102−0075
東京都千代田区三番町8-1
三番町東急ビル6F
(株)竹書房 ラヴァーズ文庫編集部
ふゆの仁子先生係
奈良千春先生係

2022年5月7日
初版第1刷発行

●著 者
ふゆの仁子 ©JINKO FUYUNO
●イラスト
奈良千春 ©CHIHARU NARA

●発行者 後藤明信
●発行所 株式会社 竹書房
〒102−0075
東京都千代田区三番町8-1 三番町東急ビル6F
代表 email： info@takeshobo.co.jp
編集部 email： lovers-b@takeshobo.co.jp
●ホームページ
http://bl.takeshobo.co.jp/

●印刷所 中央精版印刷株式会社

ラヴァーズ文庫
Lovers Label
獅子《しし》と冷獣《れいじゅう》
お前を見てると
挿れたくなる。
その肌に、
俺の所有の証を――。
「あの男にも、抱きながらタトゥーを入れたのか」。
敏腕弁護士の梶谷《かじや》英令《ひではる》は、仕事で訪れたシンガポールで、
ひとりの美しい男と出会う。
その男・ハリーの身体に入れられたタトゥーを見て、
梶谷はショックを受けた。
それを彫ったのは、梶谷の恋人であるレオンに間違いないと、
すぐにわかったからだ。
「こうして抱き合っていれば痛くない――」。
恋人になる前、レオンにタトゥーを入れられながら乱れた自分が、
ハリーと重なり、梶谷は暗い感情に翻弄されてゆく――。
そんな梶谷の不安をよそに『上海の獅子』・レオンと
『シンガポールの冷獣』・ハリーは運命の再会を果たしてしまうが…。
著 ふゆの仁子《じんこ》
画 奈良《なら》千春《ちはる》
好評発売中!!